In seinem zweiten Roman lässt sich Michael Kumpfmüller auf ein Thema ein, vor dem sich die Gesellschaft mit Abscheu und Dämonisierung schützt: eine Mutter, die tötet.
Die Frage nach dem Naheliegenden leitet die Erzählung: Was, um alles in der Welt, treibt diese Frau, während in ihrer Wohnung das Entsetzliche geschieht? Mit kühlem, niemals anklagendem Blick begleitet Michael Kumpfmüller seine Figur dreizehn schwere Tage lang. In einer klaren, protokollartigen Sprache beschreibt er ihre ziellosen Wege, ihre ruppigen Liebschaften und ihre Einkaufstouren, die sie auch in Spielwarenabteilungen zu den Kuscheltieren führen. Und wie an unsichtbaren Fäden zieht es sie immer wieder in die Nähe ihrer Wohnung. Tag für Tag setzt sie neu an, doch sie ist zu schwach, um heimzukehren.
Schichtweise wird ihr mörderisches Versagen freigelegt, und wir ahnen voller Unbehagen, dass es mit Schwäche und Angst viel mehr zu tun hat als mit seelischen Defekten. Michael Kumpfmüller beweist mit diesem Buch, wozu die Literatur im besten Fall im Stande ist – Erkenntnis zu schaffen abseits von schieren Fakten und Psychologie.

Michael Kumpfmüller, geboren 1961 in München, lebt als freier Autor in Berlin. 2000 erschien mit dem gefeierten Roman »Hampels Fluchten« (Bd. 14846) seine erste literarische Veröffentlichung.

Unsere Adresse im Internet: www.fischerverlage.de

Michael Kumpfmüller

DURST

Roman

Fischer Taschenbuch Verlag

2. Auflage: Juni 2006

Veröffentlicht im Fischer Taschenbuch Verlag,
einem Unternehmen der S. Fischer Verlag GmbH,
Frankfurt am Main, März 2006

Lizenzausgabe mit freundlicher Genehmigung
des Verlages Kiepenheuer & Witsch, Köln

Druck und Bindung: Nørhaven Paperback A/S, Viborg
Printed in Denmark
ISBN-13: 978-3-596-15801-0
ISBN-10: 3-596-15801-X

Alle Buchstaben und Zahlen sind hier, alle Farben
des Spektrums, alle Stimmen und Geräusche,
alle Schlüsselworte und zeremoniellen Floskeln.
Es ist nur eine Frage des Entzifferns, des neu Ordnens,
des Abschälens der Schichten von Unaussprechlichem.

Don DeLillo

1

◊ MITTWOCH ◊ Eines Tages im Sommer um die Mittagszeit, als es schon sehr heiß war, wusch sich eine junge Frau über dem Waschbecken die Haare und dachte über ihr Leben nach. Sie schaute sich das Leben an, wie es geworden war, auch die Gründe, dass sich alles von Grund auf ändern musste, sie wusste nur nicht, wie. Sie war früh aufgestanden und hatte die Kinder versorgt; die Kinder waren im Hof und spielten. In der Nacht hatte sie bei offenem Fenster nur wenig geschlafen, schwitzend und immer knapp unter der Oberfläche ihrer Erschöpfung, matt, aber auch zornig, der ganze Körper überzogen mit einem langsam verkrustenden Glanz. Sie war ein bisschen weich für ihr Alter, ein Gesicht ohne genaue Erfahrung, die hellen Haare sehr fein, aber an den Spitzen brüchig und wie vergilbt, als lebte sie seit Jahren in Wind und Hitze, in der Nähe salziger Gewässer. Manchmal achtete sie ganze Wochen kaum auf sich, merkte ihre Gerüche nicht oder betrachtete sie wie teure Stoffe, die sie kleideten, und wusste von den Männern, wie sie die Fährte immer gleich aufnahmen, als müssten sie ihr bloß folgen, kämen an ein Ziel, das sich lohnte. Sie trocknete sich das Haar und ging zum Fenster, sah unten im Hof die Kinder: Hinten bei den Mülltonnen stritten sie um eine sinnlose Beute, mitten auf den versteppten Wiesen, über die gerade ein Wind zog, über die weite fahle Steppe, in die sie vor Jahren gefallen war. Die Frau versuchte, sich etwas zu wünschen. Eine Weile stand sie am Fenster und schaute, lauschte, aber mehr nach innen als nach außen, wo es für ein paar Augenblicke totenstill war, doch auch drinnen war es vorläufig ganz still, die Geräusche ihrer Seele wie unter Glas, mehr gedämpft als wirklich erstickt; es fielen ihr auf Anhieb keine Wünsche ein.

Der Sommer hatte gerade erst begonnen. Sie spürte, wie etwas sie anfasste, nackt und nichtswürdig, wie sie war. Vielleicht hatte es schon vor Tagen begonnen, mit diesem Licht, das so hell war wie eine lang ersehnte Wut, der Beginn des Aufstands. Die Frau hatte böse Gedanken. Etwas Leuchtendes hatten die bösen Gedanken, deshalb schaute sie immer wieder dort hin. Der dicke Albert fiel ihr ein, dass er immer lachte, wenn er gemein gewesen war, von seinen Gemeinheiten lebte er. War man böse, wenn man gemein war? Jemanden vergessen, nicht an ihn denken, obwohl man könnte: Das war böse. Etwas kaputtmachen, obwohl man weiß, der andere hängt daran. Ein Mord war böse, eine Vergewaltigung; einen Geschlagenen schlagen, vielleicht. Kam darauf an. Auch bei einem Mord kam es darauf an; niemand hatte Erfahrungen damit. Jemanden totschlagen, einfach so kaputtmachen wie ein Ding, das man mit den Füßen wegkickt, mit einem Messer totschneiden oder verletzen, wer weiß. Im Grunde konnte sie sich das nicht vorstellen. Sie wusste, der dicke Albert hatte mit Tieren manchmal etwas gemacht, da war sie nicht dabei gewesen, im letzten Winter, als er einem Hund die Augen, mit einem Messer angeblich die Augen bei lebendigem Leib. Die Frau hatte ihn lange anschauen müssen, später, als die Mädchen es erzählten. Sie war sich nicht sicher gewesen, ob man ihm etwas anmerkte, ob da eine Spur war in seinem Gesicht, ein Stolz, ein Erschrecken.

Die Frau ging in die Küche und trank ein Glas Wasser, kam zurück zum Fenster: Die Kinder saßen noch immer da, fast regungslos, wie Tiere, im Schatten eines großen Baums die verwilderte Brut, ihre beiden Söhne, drei und vier Jahre alt, die sie manchmal für Stunden verließ und die sie bei ihrer Rückkehr vielleicht nicht immer gleich erkannten. Sie sah, was alles war, wollte es verwerfen, das, was man so leicht nicht loswurde: Geschichten von früher, die widerspenstigen Dinge, die sich um sie herum zu Landschaften türmten, verstreute Spielsachen, die Schuhe, Kleider, Windeln, der Müll und der Schmutz der unverbundenen Tage, die heiligen Dinge der Männer, wenn sie ihr etwas hinterließen. Wie ein Fluch waren die Dinge und wie ein Trost. Sie dachte an die Momente, in denen sie stumm war wie ein Ding, ihre Stummheit als Geliebte oder in der Küche beim Essen mit den Kindern, wenn sie sich bei laufendem Radio versteckte und auf ihre Fragen lange nicht antwortete: als hätten sie auf nähere Bekanntschaft mit ihr kein Recht. Sie versuchte sich vorzustellen, wie das wäre, wenn sie tot wäre, wie dann alle anderen noch immer lebten, auch die Kinder. Sie flüsterte. Beim Denken hatte sie die ganze Zeit geflüstert, wie bei einem nächtlichen Geständnis, ohne genaue Absicht, als würde sie etwas suchen, eines Tages, wenn sie endlich wüsste, wer sie war.

Sie ging vom Fenster weg und war einen Augenblick unschlüssig, ob sie wirklich gehen sollte, suchte endlich die Schlüssel und fand sie auch, verließ die Wohnung. Das Nachmittagslicht war gleißend und von einer Wucht, dass sie sich duckte. Sie hörte die Stimmen der Kinder, fern und beruhigend, drüben bei den hinteren Sandkästen saßen sie und gaben sich erstaunt, dass sie gekommen war; sie wandten sich gleich ab, versunken in ihre Beschäftigungen. Obwohl sie alles sah, konnte die Frau den Sinn ihrer Beschäftigung auf Anhieb nicht begreifen, nur irgendwelche Grabungen sah sie, einen verqueren Handel mit Stöcken und Blättern, zu kostbaren Steinen geschliffene Glasscherben, Müll aus Plastik, verschiedene Deckel und Verschlüsse, aber auch Insekten, Käfer und Ameisen, die sie getötet hatten oder in gläserne oder metallene Gefängnisse sperrten, in ein paar alte Flaschen, eine leere Dose von Nivea. Sie versuchte sich zu erinnern, wie sie selbst als Kind gespielt hatte; sie konnte sich an nichts erinnern. Sie sah sich als Kind in diesem Sand und dann noch einmal jetzt, als Frau, wie sie da stand und von ihren Kindern nicht mehr begriff als von irgendwelchen Bälgern, als wären es wirklich Fremde, mit eigenen Bräuchen, Regeln, ihren Gewohnheiten, hier in dieser Wüste, in der sie lebten, als wär's nur auf Abruf und als müssten sie eine wie sie verachten. Sie musste daran denken, wie sich das anfühlte, wenn sie selbst jemanden verachtete, und sie dachte über ihre Kinder: Wie hässlich sie sind, denn alles, was nicht von ihr war, erschien ihr auf einmal sehr hässlich.

Später würde sie sich an all das erinnern: Wie sie da stand und die Kinder betrachtete, als seien sie ihr zugelaufen, ohne die geringste Ahnung, welch unglaublichem Zufall sie ihr Leben verdankten, und dass sie es nur ihr verdankten, den beiden Männern, die sie geschwängert hatten, ihren Vätern, die sie nicht kannten. Alles in Ordnung?, fragte sie und wartete, ob da etwas käme; doch es kam nichts, nur Schweigen. Ich geh jetzt kurz weg, in einer Stunde bin ich zurück, seid brav. Da sah der Kleine sie an und wollte nicht, dass sie ging, stand auch gleich auf und wollte mit. Nicht weg, sagte er, und darauf sie: Es dauert nicht lang, bleib hier, ich kann euch nicht brauchen. Aus Erfahrung wusste sie, man durfte keine Zeit verlieren bei Abschieden, das machte alles nur noch schlimmer, deshalb wandte sich schnell ab, doch der Kleine folgte ihr, rief und wollte sich klammern. Sie machte sich los und beschimpfte ihn. Dann beschleunigte sie ihre Schritte, drehte sich auch gar nicht mehr um, hörte, wie er ihr folgte, merkte, wie er stürzte, an seinem neuen Schreien erkannte sie's, der kurzen Stille, während er noch stutzte: als könne er den neuen Schmerz nicht glauben. Die Frau ging zurück und sah, er hatte ein blutendes Knie. Wieder beschimpfte sie ihn, nannte ihn ein dummes Kind, begann ihn widerwillig zu trösten. Nicht mal ein Taschentuch habe ich, sagte sie und bedeckte das Knie mit Küssen, verwischte mit ihrem Ärmel das Blut, bis es trocknete; der Ältere beobachtete es voller Staunen. So, sagte sie, nun können wir gehen, denn das wollt ihr doch. Ja ja, sagte der Ältere und begann zu plappern, plapperte etwas von seinem Knie, zeigte, wo sein Knie war, und ganz tief drinnen und unter der Haut war das Blut, nur wenn man sehr böse war wie der Bruder, kam es heraus und machte alles nass. Der Kleine schniefte. Sie versprach ihm etwas und zog ihn hinter sich her auf die Straße in Richtung Paradies.

Sie folgten den Blocks und schwiegen. Es war nicht schön, in dieser Hitze zu gehen. Die Kinder kamen nur schleppend hinterher; sie hätte ihnen nicht nachgeben sollen. Erst, als sie in der Ferne die Fahnen des Paradieses sah, entspannte sich die Frau. Wie immer schloss sie im ersten Moment die Augen, wie um ganz sicher zu sein, dass es wirklich da war und auf sie wartete, als wär es überhaupt nur für sie. Sie wusste, es gab Dinge, die waren gar nicht da, obwohl man sie sah, dann waren es Spiegelungen in der Luft, oder weil man sich etwas sehr wünschte, auch deshalb nahm sie sich vor ihren Wünschen in Acht. Die Frau, vielleicht, weil sie noch sehr jung war, vertraute lieber ihren Sinnen. Sie wollte sich die Dinge nicht nur einbilden, ob etwas kalt war oder heiß, mit welcher Stimme einer zu ihr redete, wie er sie anfasste, wie er vorher roch und wie nachher: auf alles wollte sie sich verlassen. Das Paradies war nicht weit, ein verwinkelter Palast mit über dreißig Läden auf zwei Etagen, hell und licht, aber auch zweifelhaft, eine Zauberbude der einfältigen Wünsche, die kostbaren Dinge links und rechts gestapelt bis unter die Decken; man konnte fast alles mit Händen greifen. Angenehm kühl war es in den Passagen, zu dieser Stunde fast still. Sie kaufte etwas zu essen und zu trinken, für sich und die Kinder, war froh, dass sie da aß und trank und nur so für sich herumging, beim Herumgehen sich wappnete, die Kinder immer irgendwo in der Nähe. Sie sah ein paar CDs durch und fand nichts, probierte verschiedene Sommersandalen, versuchte die Dinge, die in Frage kamen, zu orten. Ein Lippenstift kam in Frage, irgendetwas Kleines, das man wie nebenbei in die Tasche fallen lassen konnte. Es war ganz leicht. Ein Kinderspiel. Auch diesmal war es ganz leicht.

Danach war sie wie immer aufgekratzt, zugleich erschöpft von der Erregung, wie nach der gelungenen Berührung eines Mannes, aber viel haltbarer, gültiger, weniger zweideutig, als es Berührungen waren. Die Kinder kamen und gingen, standen lange wie blöde vor allen möglichen Spielsachen, dann wieder liefen sie ihr ständig vor die Füße, wollten ihre Hand oder auf den

Arm, zogen und zerrten, pressten ihr Geschenke ab, liefen mit ihren Geschenken weg und waren minutenlang nicht zu sehen. Sie hatte ihnen ein Eis versprochen. Ja, ein Eis, sagte der Jüngere und wollte wieder auf ihren Arm. Na komm, sagte sie, und das Kind noch einmal: Arm, bis sie es endlich nahm und trug; das Kind war federleicht. Da, sagte das Kind und zeigte auf etwas, bis der Ältere erklärte, was es war, er sagte es ganz falsch: ein Wuftballon. Ich auch Eis, sagte er, während der Kleine nur immer schaute, den Dingen einen Namen gab oder sie nach Namen fragte, die neuen Worte gleich probierte, eins nach dem anderen. Es wäre ganz leicht, dachte die Frau und sah ihren Kindern zu, wie sie sich mit kleinen bunten Plastiklöffeln das Eis in den Mund schoben, nicht immer richtig trafen, aber beharrlich das Eis und den Löffel und die Frau im Blick behielten, ihr von Zeit zu Zeit klebrige Hände entgegenhielten, oder wenn etwas danebenging, ein Tropfen Eis auf der Hose, dann musste sie ihnen das abwischen. Sie wusste nicht, was reden, aber es war auch gar nicht nötig, die Kinder waren auf ihre Gedanken nicht neugierig. Ich könnte einfach aufstehen und gehen, dachte die Frau. Ich könnte sagen: Kommt, wir müssen los, ich zeig euch was, und dann, nach Einbruch der Dunkelheit, wie Albert seine Hunde, werfe ich die Brut in den Fluss. Sie wusste, dass sie das nicht könnte. Vielleicht könnte sie es. Sie wüsste gar nicht, wen zuerst. Sie wüsste noch nicht mal eine Stelle. Auf hohen Brücken schwindelte ihr. Waren Kinder in den ersten Jahren nicht wie Fische? Am Ende ertranken sie gar nicht, schwammen einfach weg und tauchten, für Minuten unter Wasser bis ans andere Ufer, wo sie eine Weile nicht wüssten, schlotternd vor Kälte, aber entschlossen, für alle Zeiten unverwundbar.

Der Vierjährige war inzwischen fertig. Hast du genug, fragte die Frau, und darauf er: Nein mehr, ich will mehr. Der Jüngere, der noch beschäftigt war, bezog die Frage auf sich und versuchte zu antworten; die Antwort war ganz unverständlich. Bauch, verstand sie, das Wort Eis kam vor. Ich versteh dich nicht, red deutlich, was willst du, warum weinst du, denn jetzt begann der Kleine zu weinen, zornig, weil man ihn nicht verstand, warf seinen Körper im Zorn wieder und wieder nach hinten, weit über die Lehne. Da hatte die Frau Mitleid. Du dummes Kind, sagte sie und war ratlos, doch dann auf einmal verstand sie, begriff, was es hatte sagen wollen, das Eis in meinem Bauch, schau, ich bin satt, nicht mehr. Sie sagte dem Kind, dass sie verstanden hatte, das Kind beruhigte sich. Der Ältere bestand auf einem zweiten Eis; sie bestellte es ihm. Dann bezahlte sie. Etwas strenger, ungehaltener wurden jetzt ihr Ton, ihre Handlungen; sie verlor die Geduld. Wollte nicht warten, bis die beiden von selbst aus ihren Stühlen kletterten, sondern zerrte sie da weg, schleifte sie mit, machte viel zu große Schritte. Ihr fiel ein, dass sie noch etwas zu essen brauchten, und machte mit ihnen die Einkäufe. Etwas Milch, ein paar Tetrapacks Orangensaft, dazu zwei Kindermilchschnitten, vier Minisalamis und einen Nudelsnack mit Tomaten für den Abend. Als sie an der Kasse stand, hörte man von draußen Sirenen, die Kinder waren gleich außer sich und riefen: Polizei Polizei, Tatütata Polizei. Die Frau dachte: wie Automaten. Denn das kannte sie schon, dass sich ihnen die Wunder immer wiederholten und mit jeder Wiederholung nur immer kostbarer und zugleich vertrauter wurden: als bestünde die ganze Welt aus Wundern. Da, da, rief der Ältere und war sehr ungeduldig, weil es doch möglich war, dass sie einen Streifenwagen verpassten oder eine Feuerwehr, zog sie gleich fort in Richtung Ausgang, denn da wollte er hin. Langsam, sagte die Frau und ließ die beiden gehen, sah sie laufen, Hand in Hand, bis nach draußen vor die Tür des Einkaufszentrums, wo sie nun standen und schauten und sie in ihrem Eifer vergaßen.

So weit folgte sie ihnen, dass sie sehen konnte, wie sie hofften, das Blaulicht käme bald wieder, oder ein neues sollte kommen, an dieser Hoffnung hielten sie lange fest. Sie hätte sich zu ihnen stellen können, aber stattdessen ging sie an ihnen vorbei in Richtung Diskothek und beobachtete sie von dort. Sie wollte sehen, was geschähe, wenn sie sie nicht fänden. Doch lange geschah überhaupt nichts; sie vermissten sie nicht. Erst nach Minuten drehte sich der Kleine hin und wieder um und suchte nach ihr, hatte aber den Bruder und die Hoffnung auf ein neues Blaulicht, die ihnen nicht vergehen wollte, dann endlich verging sie. Erst jetzt suchte auch der Ältere, begann nach ihr zu rufen, sorglos, dann allmählich mit einem Ton zunehmender Beunruhigung. Wie angewurzelt standen sie beide da und riefen in alle Richtungen, drehten sich mehrmals um die eigene Achse, wie Tanzende. Seltsam fand sie, dass der Große zuerst weinte, anstatt einfach nach ihr zu suchen, denn er hätte sie ja suchen können mit seinen vier Jahren, aber er weinte nur. Ein älterer Mann ging zu ihnen hin und fragte etwas, darauf schüttelten sie den Kopf. Auch der Mann schüttelte den Kopf, aber so, als wäre er böse auf die Verlassenen, er ging gleich weiter. Die Frau mit den beiden Söhnen dachte: Wenn der Kleine weint, gehe ich hin, hoffentlich weint er gleich. Doch der Kleine stand einfach nur da und begann nun sogar zu lachen, machte dem Bruder einen Vorschlag für ein Spiel, jedenfalls begannen sie beide auf einmal zu spielen, bewarfen sich mit Gras, das sie aus der Erde rissen: als wären sie wirklich unverwundbar.

Die Frau ging ein Stück weiter, bis sie ihre Kinder nicht mehr sah. Noch einmal sagte sie sich: Es wäre so leicht. Wenn ich es könnte, wäre es ganz leicht. In die Straßenbahn setzen, zum Bahnhof fahren, in einen Zug steigen, aus und vorbei. Leider konnte sie es nicht. Aber jetzt rannte sie. Erst ein paar Straßen weiter bemerkte sie, dass sie gerannt war, ganz außer Atem war sie, also war sie richtig gerannt und geflohen: als wären die Kinder ihre Feinde. Sie war erleichtert, als sie wieder denken konnte, dass das doch keine Feinde waren: ihre beiden

Kinder, drei und vier Jahre alt. Trotzdem war sie froh, ihnen entkommen zu sein, rief von einer Telefonzelle eine Freundin an und überfiel sie mit einer Folge von atemlosen Sätzen. Die Freundin hatte leider Besuch. Den von neulich, den Schmalen? Ja, ganz süß sei der, sie könne jetzt leider nicht sprechen. Das verstand die Frau und beneidete die Freundin, dass sie einen wie den Schmalen im Zimmer hatte. Sie fragte sich, ob sie gerne tauschen würde mit der Freundin, und kam zu dem Schluss, dass sie mit ihr nicht tauschen wollte. So ein Leben kannte die Frau gar nicht, dass sie es hätte mit ihrem tauschen wollen, da musste sie sich schon eins erfinden, weit weg musste sie sich denken, mindestens in die nächste Stadt, wo es andere Häuser gab und andere Zimmer in diesen anderen Häusern, andere Bewohner. Die Frau dachte kurz an die Städte, die sie kannte, die Zimmer in diesen paar Städten, in denen sie gewesen war, und da wusste sie gleich, dass man da nicht wieder hin musste, also dahin ganz sicher nicht.

Mit den Kindern war es seltsam. Obwohl sie fast gar nicht an sie dachte, musste sie sich doch bemühen, so wenig wie möglich an sie zu denken, also waren sie im Grunde noch immer da. Darüber ärgerte sie sich. Sie fand, die Kinder hatten jetzt kein Recht, sich in ihren Gedanken aufzuhalten, trotzdem nahmen sie sich's, selbst wenn man ihnen befahl: Geht weg, ich will euch nicht; sie blieben. Eben das hatte aber ihre Strafe sein sollen: Dass man so tat, als hätten sie ein Recht, und dann ganz plötzlich ließ man sie stehen und zerstörte ihnen den Glauben. Die Frau dachte: Es wird ihnen eine Lehre sein. Dann wieder: Sie sind zu dumm, sie begreifen nichts, ihr Glauben ist unzerstörbar. Ich muss nach Hause, dachte sie, es hat keinen Zweck, und wollte nach Hause. Sie ging den Weg zurück, den sie gegangen war; die Kinder waren nicht mehr da. Ihre Bewegungen bekamen etwas Fahriges. Hastig suchte sie die Gegend um den Eingang ab, ging zurück in die Passage, suchte in den Geschäften, in denen sie gewesen waren, fragte in der Zoohandlung. Ja, in der Zoohandlung hatte man vor kurzem zwei Kinder gesehen. Sie schöpfte Hoffnung, suchte weiter und fand sie endlich bei den Blumen. Fast war sie enttäuscht, dass sie einfach da standen, als wäre nichts, als hätten sie an ihr Verschwinden nie geglaubt. Sie war noch nicht ganz bei ihnen, da drehte sich eines der Kinder um und entdeckte sie, winkte ihr zu, zufrieden, dass sie wieder da war, so konnten sie endlich nach Haus. Was lauft ihr einfach weg, das dürft ihr nicht, sagte die Frau und sah für einen Moment, wie die Kinder sahen, nebeneinander vier große Eimer Sonnenblumen, eine neue Lieferung, die Blumenverkäuferin hatte Mühe, die Blumen auf die vier Eimer zu verteilen. Der Ältere fragte: Mama, darf die Frau die Blumen essen, und da musste sie auf einmal sehr lachen, über sich und die Kinder, dass sie so dumm waren, wie es eigentlich kam, dass sie wussten, zu wem sie gehörten, ob sie es wollte oder nicht.

Auf dem Weg nach Haus im Gehen probierte sie den Lippenstift. Sie merkte, wie ein Mann sie dabei beobachtete, mit einem missbilligenden Staunen, als täte sie mitten unter all diesen Leuten etwas Ungehöriges, aber auch anerkennend, so, als wüsste er ein für alle Mal über sie Bescheid. Sie brachte die Einkäufe nach oben in die Wohnung, die Kinder ließ sie im Hof. Erst eine Stunde später ging sie die beiden holen. Die Sonne stand noch immer ziemlich hoch, deshalb begann sie sofort zu schwitzen, im Schatten eines mit bunten Schriften übersäten Durchgangs ruhte sie sich aus. Sie hörte die Stimmen der Kinder, rief sie ein paar Mal beim Namen, da wollten sie wie immer nicht kommen, wollten, dass man sie fände, waren wie immer nicht bereit. Sie sah, der Jüngere hatte von der Sonne ein ganz rotes Gesicht, der Ältere war schon ein bisschen braun, eine neue Windel brauchten sie, sie wollten es beide lange nicht einsehen. Erst als sie laut wurde, setzten sie sich Bewegung. Sie nahm zwei Stöcke und trieb sie wie eine Herde über die weite Steppe nach Hause in die Wohnung. Sie setzte sie in die Wanne und wusch ihnen Haare und Körper, gab ihnen zu essen und noch einmal zu trinken, brachte sie lange vor Einbruch der Dunkelheit ins Bett.

Als sie endlich schliefen, prüfte sich die Frau. Sie war ganz ruhig und fühlte sich fast versöhnt, als hätte sie sich nur durch diesen einen Nachmittag verändert, oder als sei sie da auf einer Spur, von der sie noch nicht wusste, ob es sich lohnte, ihr zu folgen. Sie rief noch einmal die Freundin an; die Freundin ging nicht ans Telefon. Ihre Mutter, als sie anrief, wurde von ihr gleich abgefertigt; sie wollte mit der nicht reden. Sie wäre am liebsten wieder los und mit den anderen um die Blöcke gezogen. Die Kinder schliefen. Es waren ungewöhnlich heiße Tage. Sie ging in das Zimmer, wo sie lagen, und schlug die Decken zurück. Später stellte sie ihnen den abgepackten Orangensaft auf den Tisch und die Milch und das Essen. Sie sollten nicht erschrecken, wenn sie nachts aufwachten und etwas brauchten, oder morgen früh, falls sie noch nicht zurück war, weil der kleine dicke Holzfäller wieder einmal etwas mit ihr angestellt hatte. Sie rief ihn gleich an; der böse Albert war nicht da. Sie schwankte. Sie fand, sie hatte ein Recht auf ein paar Stunden. Hätte sie erst einmal diese paar Stunden, würde sie es nachher leichter ertragen, dass es nur immer diese paar Stunden waren. Sie schaltete den Fernseher ein und hatte nicht die geringste Ahnung, bei wem sie bleiben könnte. Sie war noch jung, Anfang zwanzig, das Leben würde ihr eines Tages schon noch gefallen. Wie eine weite flache Landschaft lag es vor ihr, unterbrochen von ein paar Hügelketten, das Gebirge sehr fern am Horizont, wo es gerade dämmerte, milchig und verschwommen das Licht, sehr friedlich.

2

◊ DONNERSTAG ◊ An einem Donnerstag früh am Morgen erwachte eine junge Frau von einer Bewegung in ihrer Nähe, irgendwo in den tieferen Schichten ihres Schlafes von einem Geräusch, dem Tuscheln ihrer beiden Söhne, drei und vier Jahre alt. Sie standen vor ihrem Bett und wollten, dass sie sich kümmerte. Die Frau war in der Nacht mehrfach aufgestanden, weil sie im Schlaf schrien oder durstig waren, trotzdem blieb sie im ersten Moment ganz ruhig, schickte sie weg zum Spielen, sie müsse noch ein bisschen schlafen, stand kurz auf und schloss die Tür, verschärfte, als sie kurz darauf wiederkamen, den Ton, versuchte es ihnen zu erklären, nur eine halbe Stunde. Die Kinder gingen zurück in ihr Zimmer. Eine Zeit lag sie wach und lauschte, konnte aber nicht einschlafen, dann, als es ihr beinahe gelang, hörte sie in der Ferne, wie sie stritten. Sie wartete, ob sie sich von selbst beruhigten, und wusste, dass es nicht möglich war. Endlich kam der Kleine und stand heulend in der Tür, sie sollte ihm gegen den Großen helfen. Gereizt, aber nach außen freundlich, begann sie ihn zu trösten, nahm den Kleinen auf den Arm und brachte ihn zurück zu seinem Bruder. Sie wollte gar nicht wissen, was gewesen war. Sie gab den beiden zu trinken und ein paar Kekse, schaltete den Fernseher ein, ermahnte erst den Großen, dann den Kleinen, sie wolle in der nächsten halben Stunde absolut nichts hören. Habt ihr verstanden? Ich muss jetzt schlafen. Lasst mich verdammt noch mal schlafen. Dann ging sie zurück in ihr Bett und war hellwach, obwohl nun alles ganz still war, nur in ihrem Inneren, weil sie schon ganz zermürbt war, begann etwas zu toben und zu rasen und erfüllte sie binnen Minuten mit einer Wut, sehr hell und sehr alt. Sie dachte: Wenn sie jetzt kommen, brülle ich sie an, dann schlage ich sie windelweich, und tatsächlich wartete sie jetzt ganz ungeduldig, dass sie kämen, mit der ganzen Wucht ihres Hasses unter den beiden Kissen, mit denen sie sich vergeblich vor ihnen schützte und noch einmal hoffte, dass der Schlaf zurückkäme, aber er kam nicht.

Wütend über den verpfuschten Anfang stand sie endlich auf und suchte nach einem Ventil. Sie begann die beiden zu beschimpfen, obwohl sie ganz friedlich vor dem Fernseher saßen, zerrte sie vom Fernseher weg ins Bad zum Wickeln, weil sie stanken, legte sie aber nicht hin, sondern riss ihnen im Stehen alles vom Leib, die viel zu kleinen Schlafanzüge, die schmutzigen Windeln, mit absichtlich rohen Bewegungen, begleitet von ihren bösen Reden. O Mann, bin ich müde, ihr habt ja keine Ahnung, wie müde ich bin, wie ich das alles hasse. Die Kinder ließen alles über sich ergehen, wie eine gerechte Strafe oder ein vorübergehendes Wetter, auch als sie sich hinkniete und einen nach dem anderen schüttelte, als wären sie ganz dumm oder taub. Das aber brachte sie noch mehr auf, dass sie alles längst kannten und sich nicht wirklich fürchteten, auch als sie die frischen Windeln nicht gleich fand und wusste, sie waren in irgendwelchen Haufen, drüben in ihrem Zimmer, weil sie sich immer alles nahmen und es dann vergaßen, als wäre alles nur für sie. Noch einmal brüllte sie die beiden an, schubste sie ungeduldig weg in Richtung Küche und fragte, ob sie Hunger hatten, ganz nackt und ohne Windel, wie sie waren. Wollt ihr oder wollt ihr nicht. Ja, Milch, sagte der Kleine; der Große wollte Tee. Wieder wurde sie sehr grob, setzte sie auf ihre Stühlchen, dort sollten sie warten und keinen Mucks machen, sie habe für heute genug. Kinder, bitte, sagte sie, weil sie fühlte, dass sie auf einmal ganz schwach war, doch die Kinder stiegen von ihren Stühlchen wieder herunter und wollten auf sie nicht hören. Sie liefen aus der Küche ins Bad und wieder zurück, ihr immer zwischen den Beinen, vier oder fünf Mal, als wäre sie gar nicht da.

Sie machte sich eine Tasse Kaffee und saß ein paar Minuten am Tisch, war froh, dass sie lange nicht kamen und spielten, zwischen den Bergen von Wäsche, den vergessenen Dingen, irgendeines ihrer dummen Spiele. Sie setzte Wasser für den Tee auf, holte einen Topf für die Milch; die Milch war aus. Sie strich zwei Brote mit Marmelade und dachte an den Tag, der vor ihr lag, die langen Stunden, wenn sie nicht wusste, was mit ihnen anfangen, wie sie die beiden los würde. Die Kinder, als sie kamen, wollten ihre Getränke. Milch, Milch, sagte der Kleine, und der Ältere: Tee, Tee, als wäre es wiederum ein Spiel, hin und her, wie in einem Duett, ich will Milch, ich will Tee. Die Frau sagte, dass es heute keine Milch gebe. Der Kleine beharrte darauf: Ich will Milch, ich will Milch. Sie versuchte es zu erklären: Die Milch ist aus. Wir können keine kaufen, es ist noch zu früh, am Nachmittag. Du bekommst einen Tee. Der Kleine wollte sich damit nicht zufrieden geben, er begann zu toben, warf sich auf den Boden und schrie, strampelte mit den Füßen, er wollte auf der Stelle die Milch. Noch einmal redete sie beruhigend auf ihn ein, beugte sich zu ihm herab und versprach, gleich nachher, wenn sie angezogen waren, würden sie die Milch kaufen, doch dann, als er nach ihr trat und sie bespuckte, begann sie ihn zu schlagen, mit der bloßen Hand ein paar Mal ins Gesicht. Sie war sehr wütend. Dabei dachte sie: Es fehlt nicht viel, und ich bringe ihn um, das kleine Miststück, ich werde es ihm zeigen. Sie hob das tobende Kind vom Boden auf und packte es, wusste für einen Moment nicht, was sie tat, brachte den Kleinen ins Kinderzimmer und warf ihn wie ein Bündel in sein Bett, ging schnell weg und sperrte ihn ein. Erst wenn er sich beruhigt hätte und dann zur Strafe noch lange nicht, würde sie ihn herauslassen.

Wieder in der Küche, sagte sie zu dem Älteren: Und du, setz dich hin und iss, ich will nichts mehr hören. Der Junge war auch ganz folgsam, sagte den Namen des

Bruders, der mit seinen Fäusten gegen die Tür hämmerte, der Bruder sei sehr böse. Ja, halt den Mund und iss, ich geh dann kurz weg und hol Milch, sagte sie, machte ihm den Tee, wartete, bis er saß und die ersten Bissen kaute, zog sich schnell etwas über und war weg. Sie verfluchte den Tag und sich selbst, was für eine Idiotin sie doch war und warum sie das alles tat und nicht klug wurde, atmete ein paar Mal tief durch und ging zwei Aufgänge weiter zur Wohnung ihrer Eltern. Die Mutter war noch im Morgenmantel und ließ sie nur widerwillig herein. Was sie schon wieder wolle. Die Frau sagte, dass es wegen der Milch sei; ob sie ihr aushelfen könne. Die Mutter sah sie missmutig an, die Frau und ihre verdammte Brut, sie wolle damit nichts zu tun haben, kümmere dich selbst. Hast du nun Milch oder nicht, fragte die Frau und wollte laut werden, doch da fuhr ihr die Mutter über den Mund, das Mädchen und der Vater würden noch schlafen, oder ob sie glaube, die ganze Welt drehe sich nur um sie. Dabei ging sie rückwärts zum Kühlschrank und sah nach, ob sie etwas hatte, holte eine Packung Milch, die sie der Frau auch gab, worauf sie noch warte. Die Frau machte keine Anstalten. Sie fragte nach dem Mädchen, das seit Jahren bei ihnen lebte und das sie kaum kannte. Die Mutter gab ihr knapp Bescheid. Die Frau begann zu jammern, die Mutter ignorierte es. Also, was ist, fragte sie und wollte der Tochter Beine machen, ob sie nichts zu tun habe, ich kann dich hier nicht brauchen. Die Frau machte ein paar Schritte in Richtung Tür. In ihrem Kopf war nur

Watte, ein zischendes Geräusch, das kam und wieder ging, eine Art Rauschen, das sie schon kannte, sehr hell und unangenehm.

Schon auf der Treppe hörte sie das Geschrei der Kinder. Sie stürzte in die Wohnung und fand sie in der Küche auf dem Boden mit zwei langen Messern, als wollten sie aneinander etwas erproben, irgendeine Wut oder einen Schmerz, was ein Schmerz war, mit ungelenken Bewegungen, alles gefährlich nahe an ihren Gesichtern. Sie riss ihnen die Messer aus der Hand und brüllte sie erschrocken an, verwundert, dass sie noch immer nicht mit allem rechnete, erst den Kleinen, warum er nicht in seinem Zimmer war, dann den Großen, der ihn befreit hatte, ob sie verrückt seien. Für einen Augenblick war sie ganz ruhig. Sie schickte die beiden in ihr Zimmer. Der Große begann zu lachen, zeigte auf eine Stelle unter dem Tisch, versuchte ihr zu zeigen, was da war, was sie in ihrer Abwesenheit getan hatten. Etwas Flüssiges war da, sie dachte, es sei Tee. Der Große sagte: Pipi, dann der Kleine: Pipi, Mama, Pipi, als wäre es eine Botschaft, damit sie endlich begriffe, wie böse sie waren. Zu ihrer Verwunderung blieb sie noch immer ganz ruhig. Sie nahm einen Lappen und kroch unter den Tisch, wischte alles auf, zwei, drei Mal, rieb die Stelle mit einem Tuch trocken, alles unter den Augen der beiden Kinder, die sie mit einer Art Staunen dabei beobachteten. Als sie fertig war, sagte sie ein zweites Mal, sie sollten bitte in ihr Zimmer gehen, begleitete sie hin, alles in einer freundlich-geheimnisvollen Art, fast als habe sie eine schöne Überraschung. Sie erklärte ihnen, was sie sich überlegt hatte, fragte, ob sie verstanden hätten, zog die Vorhänge auf, machte ein bisschen Ordnung, sagte ihnen, was sie spielen sollten, dass sie noch immer sehr böse auf sie sei. Sie zeigte ihnen den Schlüssel. Noch einmal fragte sie, ob sie wüssten, was nun geschehen würde, zeigte ihnen, was sie vorhatte, es schien sie nicht groß zu kümmern. Dann sperrte sie die beiden ein. Durch die Tür sagte sie: So bald komme ich nicht wieder, ihr werdet ja sehen. Sie stand eine Weile da, in Erwartung irgendeines Widerstands, aber da war nichts, es blieb alles ganz still.

Als sie nach ein paar Minuten noch immer nichts hörte, entspannte sie sich. Sie holte ein Stück Papier und schrieb am Küchentisch ein paar Zeilen an die Mutter, kam sehr lange nicht zurecht, schrieb und verwarf es und schrieb wieder, brauchte drei Anläufe, bis sie es hatte, dann verließ sie die Wohnung. Unten im Hof lauschte sie noch einmal in Richtung Kinderzimmer, ob da etwas war, bei geschlossenem Fenster im zweiten Stock, wenn sie dort saßen und sich nicht regten und spielten oder in Streit gerieten. Es war ihr völlig egal. Draußen war es schon warm, aber nicht heiß, so ging sie weg, über die verbrannten Wiesen in Richtung Straße und weiter in eine Gegend, in der sie lange nicht gewesen war, hinten bei den Teichen, ohne Plan, eigentlich ohne Gedanken. Hin und wieder hatte sie ein Bild, die Gesichter ihrer Kinder, wenn sie ihr fremd waren und etwas in ihr schrie: Das bin nicht ich, nichts davon ist von mir, als hätte sie jemand programmiert, aber ganz falsch, die miesen Typen mit ihrem Samen, als hätten sie alles von ihr gelöscht oder überschrieben.

Später vertrödelte sie ein paar Stunden in irgendwelchen Läden, versuchte zu sehen, was war und was daraus folgte, in den windigen toten Höfen, in denen sie zu Hause war. Sie hatte seit Jahren schlechten Sex, auch ein paar Kilo zu viel, weil sie sich nicht richtig ernährte, sie nahm nur immer, was kam, und war selten zufrieden damit. In den Nächten, wenn die Kinder sie wieder einmal geweckt hatten, lag sie oft wach, oder sie ließ sich den ganzen Abend voll laufen und musste dann irgendwann aufs Klo und konnte nicht wieder einschlafen. Voller Hass rauchte sie dann manchmal eine Zigarette, in der Küche mit den immer selben Gedanken, warum alles so war, warum es kein Ende nahm. Oder sie ging zurück ins Bett und masturbierte, hatte aber meistens keine Geduld, auch weil sie immer sehr lange brauchte, ließ es endlich bleiben, nach einer halben Stunde, weil sie schon ganz wund war und nur immer darauf wartete, dass sie kämen. Hin und wieder schlief sie ein paar Stunden am Stück, sehr flach und wie auf der Lauer. Beim kleinsten Geräusch erwachte sie, meistens zwischen drei und vier. Dann schaute sie auf die Uhr und sah, dass es wieder nur ein paar Stunden gewesen waren. Mit unterdrückter Wut ging sie zu ihren Kindern und fragte, was schon wieder los sei, brüllte sie an oder gab ihnen zu trinken, oder sie tröstete sie und sich, dass sie es nicht absichtlich taten, wollte es ihnen erklären, am nächsten Morgen, warum eine Mutter auch Schlaf braucht. Immer öfter schickte sie die Kinder an den Nachmittagen in den Hof und holte ein paar Stunden nach, oder ein- oder zweimal im Monat blieb sie in den Nächten bei irgendwelchen Männern, dann kam sie am Morgen wie verwandelt zurück und nahm einen neuen Anlauf, küsste und herzte sie, bat sie um Verzeihung und verzieh ihnen, als wäre irgendein Leben doch möglich.

Ein paar Stunden war sie mal hier, mal dort, konnte im Nachhinein nicht sagen, was genau sie getan oder gedacht hatte, die plötzliche Ruhe, woher sie kam, warum sie ihr immer wieder traute. Wie immer, wenn sie allein war, konnte sie sich nur wundern, wie einfach alles war, man musste gar nichts tun, das Leben ging einfach weiter, das war das Schlimmste. In dem Sandkasten vor dem Eingang sah sie ein paar Kinder, wie sie spielten, mit zwei Tieren aus Stoff, die ihr bekannt vorkamen, ein Schaf und eine Ziege, es waren die Tiere ihrer Söhne, ganz neu. Sie ging zu den Kindern hin und sagte, dass sie die Tiere hergeben müssten, sie gehörten ihnen nicht. Ein Junge von fünf Jahren, den sie vom Sehen kannte, bestritt es, sie solle es beweisen, sie hätten die Tiere gefunden, ganz nass und schmutzig, in einer Art Grab unter den Büschen. Der Junge sprang gleich auf und lief mit den Tieren weg, blieb nach ein paar Metern stehen und lachte, sie solle sich die Tiere holen. Die Frau sagte: Was fällt dir ein, gib sie her, sie gehören mir, blieb aber noch immer, wo sie war, und dachte, er werde sie ihr schon bringen. Sie machte eine Bewegung in seine Richtung, da lief er wieder ein paar Schritte weg und provozierte sie, nannte sie eine fette Kuh und lachte, das Ganze drei oder vier Mal. Das wollte sie sich nicht gefallen lassen. Sie rannte los und stellte den Jungen zur Rede, rührte ihn aber nicht an, nahm ihm die Tiere weg und ging ohne ein weiteres Wort in Richtung Aufgang. Auf einmal war alles anders, als sie gedacht hatte. Sie stellte sich vor, wie sich ihre beiden Söhne freuen würden, wollte ihnen auch sagen, dass sie besser auf alles achten mussten, oder wenn sie etwas in der Erde versteckten, dann mussten sie am Abend, wenn man sie holte, alles wieder schön ausgraben.

Als sie in die Wohnung zurückkehrte, war sie beinahe überrascht, dass da niemand kam und sie begrüßte, wie sie es kannte, wenn sie lange fort war, oder nach den Nächten, in denen sie nicht zu Hause schlief, wie sie ihr dann entgegenstürmten und auf sie einredeten, mit ihren hellen Stimmchen dieses Geplapper. Einen Augenblick musste sie sich besinnen, warum es nicht möglich war, ging zu der Tür, hinter der sie eingeschlossen waren, und war sehr froh, dass sie da waren, dass sie lebten. Sie drehte den Schlüssel in der Tür und begrüßte sie. Kinder, ich bin da, ich hab was, ihr werdet staunen.

Die Kinder blickten kaum auf, saßen weit voneinander entfernt in irgendwelchen Winkeln, fast apathisch. Oh weh, ihr Armen, was ist, habt ihr auf mich gewartet? Sie zeigte ihnen, was sie hatte, brachte dem Kleinen die Ziege und dem Großen das Schaf, legte beides vor sie hin, auf den Boden wie ein Geschenk. Mama böse, sagte der Kleine und warf das Tier in hohem Bogen weg, begann zu brüllen, ließ es nicht zu, dass sie ihn anfasste, brüllte und stieß sie weg. Sie ging zu dem Älteren, deutete auf das Tier, ob er sich freue, ganz schmutzig sei das Schaf, man müsse es waschen. Der Junge reagierte nicht. Hast du mich verstanden, fragte sie, und weil er nicht antwortete: Schau mich gefälligst an, wenn ich mit dir rede, oder bist du taub? Innerhalb von Sekunden schlug ihre Stimmung um. Es ging alles sehr schnell. Sie habe ein für allemal genug, sie werde es ihnen schon zeigen. Darauf ging sie kurz in die Küche und brachte ihnen zu essen und zu trinken, die kleinen Tetrapacks und ein paar eingeschweißte Würste, falls sie etwas brauchten. Das alles stellte sie ihnen hin, auf den kleinen Tisch vor dem Fenster, und wollte gehen. Ich geh jetzt, sagte sie, ihr werdet ja sehen. Der Kleine wollte sie daran hindern, aber sie schüttelte ihn ab und schob ihn mit Gewalt zurück ins Zimmer.

Danach suchte sie nach einem Zeichen, irgendeiner Geste, die unwiderruflich war, dass sie es diesmal ernst meinte. Etwas war ganz kalt und dann wieder heiß, in schnellem Wechsel, diesmal durfte sie unter keinen

Umständen zurück. Sie nahm den Schlüssel zum Kinderzimmer und warf ihn in den Müll, holte ihn wieder heraus, dann warf sie ihn ins Klo und spülte ihn schnell herunter. Sie ging zurück zur Tür, hinter der die Kinder waren, und schrie durch die Tür, was sie getan hatte, diesmal sei es ihr wirklich ernst. Dann begann sie zu packen. Ein paar Sachen in einen Koffer, ein wenig Wäsche, ein frisches T-Shirt, weil sie so bald nicht käme. Sie stürzte aus der Wohnung, an einem Donnerstag im Juni, nachmittags um halb vier, warf den Brief an die Mutter ein, dann rannte sie. Sie hatte keinen Plan und wusste nicht, wohin, aber das war ihr egal, auch dass sie jetzt erst mal heulte und schwitzte, mit ihrem lächerlichen Koffer dieses pummelige Mädchen, als liefe sie einfach aus ihrem Leben. Etwas in ihr redete auf sie ein: Ja, das ist gut, dreh dich nicht um, lauf weg, bleib nicht stehen, als wäre da wirklich eine Gefahr, wie bei einer Verfolgungsjagd im Fernsehen, oder im Traum, wenn auf einmal einer schoss und keine Deckung war, dann musste man einfach rennen. Einmal fiel sie hin, stand aber gleich wieder auf, wischte sich Rotz und Wasser aus dem Gesicht und wurde allmählich langsamer, wartete auf den ersten Gedanken.

Sie lief in Richtung Autobahn, irgendwo am Rande der Siedlung über große Kreuzungen, dachte an den Schlüssel und warum es gut war, dass sie diesmal nicht zurück konnte, versuchte hin und wieder einen Wagen anzuhalten, stellte sich vor, wie das wäre, das letzte Mal die

Stadt, wenn sie sich umdrehte, für immer auf und davon. Etwas war passiert, irgendein Riss, ein schneller Wechsel von Hell und Dunkel, an den sie sich allmählich gewöhnte, sie konnte sich förmlich dabei zusehen. Sie dachte an die bevorstehenden Schwierigkeiten, nicht sehr ernsthaft, wie man ohne Bleibe die Nacht hinter sich bringt, in fremden Städten würde sie sich bestimmt verlaufen. Trotzdem ging sie in Gedanken eine Weile dort spazieren. Sie hörte wieder auf damit. Von irgendwoher kamen vertraute Bilder, auch ein Gefühl für ihren Körper, dass sie Hunger hatte, plötzlich der flüchtige Gedanke an den Mann, der gerade ihr Liebhaber war, wenn sie ihm einen blies, dieser leise Ekel, wenn er nicht ganz sauber war, lauter komische Sachen. Einmal hielt ein älterer Mann und fragte, wohin sie wollte, sagte die Richtung, in die er fuhr, eine Stadt irgendwo im Norden, er könne sie mitnehmen. Die Frau wiederholte den Namen der Stadt, versuchte zu spüren, was der Name mit ihr machte, schätzte kurz ab, ob sie ihm trauen konnte, obwohl es darauf gar nicht ankam. Sie sagte: Ja, doch. Nein, lieber nicht. Ich überlege. So lange wollte der Mann nicht warten.

Unschlüssig stand sie eine Weile am Straßenrand, dann ging sie langsam zurück in die Siedlung. In einem der Höfe traf sie eine Freundin, mit der sie öfter zum Tanzen ging, oder an den Nachmittagen, wenn sie sich beide langweilten, hingen sie gemeinsam vor dem Fernseher und betranken sich. Obwohl die Freundin sie nicht gefragt hatte, redete die Frau von ihren Kindern, sie müsse einfach mal raus. Ja, klar, sagte die Freundin und wollte, dass sie mit ihr kam. Die Frau hatte noch immer Hunger. Die Freundin lud sie ein auf ein Bier und einen Hamburger, auch weil sie merkte, dass es der anderen nicht gut ging, drüben beim Schnellimbiss, wo sie sich alle immer trafen. Gegen halb sechs ging die Frau zu ihrem Liebhaber. Im Fernsehen lief gerade ein Rennen, oder es war eine seiner tausend Kassetten, auf die er alle Rennen aufnahm. Er hatte mit ihrem Kommen nicht gerechnet. Warum rufst du nicht an? Eigentlich bin ich gar nicht da. Er hatte schlechte Laune. Die Frau sagte: Ich kann ja wieder gehen. Beklagt habe ich mich auch nicht. Sie sah ihm eine Weile zu, wie er da saß und schaute, wollte, dass er bemerkte, was anders war, ob man ihr das ansah. Sie holte sich in der Küche ein Bier und setzte sich zu ihm, obwohl sie sich bei seinen Rennen immer sehr langweilte.

Erst viel später dachte sie an die Kinder. Wie das für sie wäre, in diesem Zimmer, wie lange es wohl dauerte, bis sie begriffen, dieser Moment der Klarheit, wenn sie einfach nicht käme. Ob es so einen Moment wirklich gab, ob Kinder überhaupt so dachten und was sie dann täten, auf was sie alles kämen, in welcher Reihenfolge, wann sie nicht mehr daran glaubten. Irgendwann fragte der Mann, der von alldem nichts ahnte, ob sie über Nacht bleibe. Die Frau sagte: Ja, doch. Wenn du willst. Dabei musste sie lachen. Sie sagte ihm den Grund, woran sie heute schon gedacht hatte, mitten auf dieser Kreuzung, gab ihm auch ein vages Versprechen, obwohl sie es aus verschiedenen Gründen nicht mochte. Der Mann fragte: Was ist in dich gefahren? Habe ich etwas gut? Und die Frau antwortete: Ja, schon, warum nicht? Zur Feier des Tages. Ich habe gute Laune. Sie sagte etwas von den Kindern, dass sie ihnen gerade etwas beibrachte. Der Mann tat, als wolle er wissen, um was es sich dabei handele, sie verstand es aber selbst nicht genau und konnte es nicht richtig erklären. Wie war dein Tag, fragte sie. Ja, so und so. Sie sagte: Ich bin ganz kaputt. Morgen fange ich ein neues Leben an. Dann sollte er sagen, was er an ihr mochte. Sie äußerte verschiedene Wünsche, die auf Anhieb sehr seltsam klangen. Vor allem neu sollte alles sein, irgendetwas musste neu sein. Sie versuchte ihm zu sagen, woran sie ungefähr dachte. Er sollte sie tragen, sie anschauen, aber als wäre sie gar nicht sie, als wäre sie eine andere, die ganze Zeit. Sie sagte: Der erste Fick meines Leben. So musst du mich ficken. Verstehst du? Der Mann sagte: Nein. Ja. Hast du getrunken? He, du spinnst. Sie dachte: Nun mach, worauf wartest du, und in diesem Moment holte er aus und tat, als würde er sie schlagen, trug sie wie eine Beute weg nach drüben, wo das Bett stand, und machte sich an die Arbeit. Sie hatte kleine verwaschene blaue Augen, wie Eiswasser. Keinen Mucks machte sie. Er zerlegte und präparierte sie, er nahm sie völlig auseinander. Darüber wurde es Abend.

3

◊ FREITAG ◊ An einem strahlend blauen Tag im Juni erwachte eine Frau aus tiefem Schlaf, allein frühmorgens im Bett ihres Liebhabers, nackt und sehr durstig, mit einem leisem Anflug von Ärger, dass er sie verlassen hatte: ohne Nachricht, ohne Plan für den Tag. Sie drehte sich um und versuchte noch einmal zu schlafen, doch es gelang ihr nur eine Art Dämmer, ein Zustand, in dem sie für alles Mögliche empfänglich war, verschiedene Gerüche, die sie umgaben, die Hinterlassenschaften der Körper, ein Gemisch aus Ausdünstungen und Flüssigkeiten, ungenaue Erinnerungen an die letzte Nacht, unfassbare Details, irgendetwas Verschlungenes, Dunkles, dazwischen die lichten Momente der Gier, der Verachtung, die nicht ausgeblieben war, die sexuellen Attacken, das große Warten. Vor einer Woche hatte sie der Mann, der ihr Liebhaber war, geschlagen, mit der flachen Hand ins Gesicht aus heiterem Himmel, das erste Mal. Die Frau hatte geweint, denn sie verstand es als Strafe, aber der Mann hatte darauf bestanden, dass es etwas anderes sei, sie dürfe nicht erschrecken vor ihm und seinen Wünschen, wie eine neue Sprache sei das, die sie gerade miteinander lernten, denn darum ginge es. Die Frau hatte keine Antwort darauf gewusst, sie hatte gesagt: Ja, aber was willst du? Ich versteh dich nicht. Der Mann verstand es selbst nicht und kam danach nie wieder darauf zurück. Sie dachte über den Mann nach, sein Gesicht, wenn er sich über sie beugte, ihre Furcht vor dem Angriff, dem nächsten Mal. Sie merkte, dass ihr etwas daran gefiel, der Kitzel der Drohung, die Verletzung anerkannter Grenzen, dass er das wagte, tastend, mit der jederzeit vorhandenen Bereitschaft zum Rückzug, die Berührung des Feindes, die er ersehnte, ihre geheimen Kammern der Seele, an die er mit seiner kümmerlichen Liebe nicht herankam. Wahrscheinlich geschah das alles gar nicht. Der nächste Angriff würde kommen, wenn sie gar nicht damit rechnete; nur solange sie damit rechnete, blieb er aus.

Mit diesen Gedanken stand sie auf, zog sich schnell an und suchte in der Wohnung des Liebhabers nach Geld. Der Mann hatte ihr ein paar Mal etwas gegeben, fast immer, wenn sie danach fragte; es waren aber geringfügige Summen, mit denen sie nicht weit kam. Nur an dem Morgen, nachdem er sie geschlagen hatte, war es ein großer Schein gewesen, in einem Umschlag, als habe er Schulden; sie solle sich etwas kaufen. Auch daran musste sie denken, da sie noch immer suchte, in der Küche in den Schubladen, wo sie auf Anhieb nichts fand, unter der Matratze, in seinen Hosen, der verschlissenen Jacke, dann noch einmal systematisch in jedem Zimmer, in allen Nischen und Winkeln, Orten, die sie in dieser Genauigkeit zum ersten Mal wahrnahm, verstopfte und leicht entzündliche Stellen, die sie mit ihren Fingern behutsam bearbeitete. Sie fand ein bisschen Kleingeld, einen zerknitterten Schein in der Manteltasche, das alles nahm sie und ging weg, nach draußen in den strahlend blauen Tag, wollte das Geld am liebsten gleich ausgeben, irgendeine Kleinigkeit, die ihr nichts bedeutete, die Vernichtung des Werts. Sie ging über den Hof und sah nicht nach links, wo sie etwas erinnerte. Die surrende Stille des Mittags. Plötzlich hörte sie eine Stimme, mitten in dieser Stille, von oben herab aus einem Fenster im vierten Stock, die Stimme eines Bekannten, den sie alle paar Wochen besuchte, doppelt so alt wie sie. Die Stimme des Bekannten fragte, ob sie kurz hochkomme, ausnahmsweise auf einen Sprung. Sie dachte sofort an Geld.

Sie ging zu ihrem Bekannten in die Wohnung. Der Bekannte sagte: Es ist Monate her, sehr lang, und darauf sie: Ja, aber du bist sonst immer allein. Denn in der Tür zum Wohnzimmer stand ein kleines pummeliges Mädchen, fünf oder sechs Jahre alt, in einem rosaroten Kleid, es sah sehr misstrauisch zu ihr herüber. Oh, das macht nichts, meinte der Bekannte und zeigte auf das Mädchen, seine Tochter, sie sei krank. Die Mutter habe sie gebracht, in ein paar Stunden werde sie abgeholt, ein Notfall. Was hat sie denn, fragte die Frau und sah die Kleine an, wollte sie mit ihren Blicken vertreiben. Sie sagte: Wenn ich gewusst hätte, dass du die Kleine hast, wäre ich nicht gekommen. Nur einen Augenblick, ich schick sie weg, sagte der Mann und wollte die Tochter wegschicken, versuchte es mit Worten, in ihrem Zimmer drüben bei den Puppen oder in der Küche sollte sie bleiben und die Erwachsenen nicht stören. Die Kleine weigerte sich. Aber du musst. Sie rührte sich nicht von der Stelle. Voller Trotz sah sie nur immer die Frau, die da plötzlich gekommen war; der Störenfried war die Frau. Der Bekannte wollte laut werden, zerrte sie an der Hand ins Wohnzimmer und weiter nach hinten zu den anderen Räumen, die Kleine begann zu heulen. Komm, sagte der Mann, deine Puppen, nur ein paar Minuten, wir holen dich später ab. Er versprach ihr eine Überraschung. Das Mädchen nickte, wollte wissen, welche Überraschung, schniefte, weil er ihr sagte: Das kann ich dir doch nicht verraten, darauf warf sie einen letzten Blick auf die Frau und war fort. Ich hatte ja keine Ahnung, sagte die Frau, um diese Stunde, denn normalerweise waren das die Stunden, in denen er schlief. Fährst du nicht mehr? Ja, doch, er fahre jede Nacht, wie immer. Was kann ich für dich tun? Die Frage. Er tat, als zögere er.

Aus Erfahrung wusste sie, der Mann würde zum Fenster gehen und dort stehen, warten, eine demütige Geste des Anfangs: als schaffe er mit dieser Geste überhaupt erst den Raum, mitten in diesem schäbigen Zimmer eine Bühne für all die heiligen und obszönen Rituale, die bestellte Überrumpelung. Sie wusste, er würde ihr den Rücken zuwenden, wenn er dort am Fenster stand, nicht aus Scham, wie sie anfangs gedacht hatte, sondern weil er genau das wollte: die kalkulierte Ungewissheit, das absolute Wissen und die Ahnungslosigkeit. Dafür war sie da, dafür hatte er sie gerufen, dass ihm etwas blieb, denn der Rest bestand aus mehr oder weniger einförmigen Manipulationen, eine Frage der Technik und des Rhythmus, wuchtig und unausweichlich, die ewig unpersönliche Sprache der Massage. Von früher wusste sie, das Geld, das er dafür ausgab, war in einer Schatulle in der Schrankwand, aus dieser Schatulle sollte sie nehmen, was ihr zustand, doch diesmal nannte sie im Voraus eine Summe, diesmal sollte er ihr das Geld auch geben. Aber warum, fragte der Mann und sah nicht ein, weshalb sich an den bewährten Regeln etwas ändern sollte, außerdem fand er die Summe, die sie nannte, sehr hoch, holte, als sie auf der Summe beharrte, von nebenan den fehlenden Betrag, wusste im ersten Moment nicht, wohin. Die Frau sagte: Hier. Er sollte es irgendwo hinstecken, in irgendeine Ritze, einen Spalt, wo ihre Haut war. Er glaubte, zusätzliche Rechte erworben zu haben; dem widersprach sie. Sie wollte wissen, was sie ihm wert sei, die exakte Summe, wenn er darüber nachdenke: Ja, doch, genau die Summe, die sie genannt hatte, vielleicht sogar mehr. Er hatte sie ein Stück mit dem Taxi mitgenommen, damals, an einem frühen Morgen im Herbst, nur deshalb war sie lange vergleichsweise billig, die Preise waren gestiegen, sehr langsam, so, dass er's lange nicht merkte.

Er roch nach Schlaf und der säuerlichen Sehnsucht des Mannes um die vierzig, die sie ohne jede Regung registrierte, sein erbarmungswürdiges Geschlecht. Sie ging zu ihm hin, fasste den Mann an, wie sie es gelernt hatte, lauschte auf das Kind, ob es Geräusche machte; das Kind war nicht da. Sie sagte Sätze, die sie irgendwo gehört hatte, ein Echo dieser Sätze, sehr fern und gemein. Sie dachte an das Kind, wenn es den Vater jetzt sähe, die Augen des Kindes, das sie selbst gewesen war, dieser Anfang einer Art Blindheit, die sie kannte, die Routine der Abstumpfung, wenn man immer wieder sah, was zu sehen verboten war. Sie hörte den Atem des Mannes, die Kadenzen des immergleichen Gestammels, entdeckte auf einmal das Kind, wie es da stand und lauschte. Sie ließ von dem Mann ab. Das Kind sagte: Papa? Es war nicht ganz klar, was es wusste, wie weit es schon verstand. Gehst du wohl zurück in dein Zimmer, du Miststück, sagte die Frau und machte einen drohenden Schritt in Richtung auf das Mädchen, dass es sich duckte. Papa, was machst du, was machst du mit dieser Frau, die Frau soll gehen, ich möchte nicht, dass sie da ist, sie soll weg. Es war noch gar nichts passiert, aber der Mann, weil er sich ertappt fühlte, brüllte das Kind an, schlug es ein paar Mal hinten auf den Kopf, es sei sehr böse, weil es nicht höre, was der Vater sagt, der Vater sagt, es soll zu seinen Puppen. Es ging alles sehr schnell. Das Kind brach in Tränen aus, der Mann wurde noch wütender, schleppte das Mädchen fort und sperrte es irgendwo weg, sie nahm an, hinten im Badezimmer, denn als er zurückkam, hörte sie aus der Ferne rauschendes Wasser.

Danach hatte sie einige Mühe mit dem Mann. Der Raum, den er erschaffen hatte, schien auf unwiderrufliche Weise beschädigt, wie belagert, auch die Gesten, Worte, Verrichtungen, die sie wieder aufnahmen und mehr oder weniger genau wiederholten; sie ahmten alles nur irgendwie nach. Als sie fertig waren, wollte sie schnell weg, nahm sich auch vor, nie wieder hinzugehen (obwohl es leichte Arbeit war), sagte, er solle um Himmels willen das Kind holen, sie selbst wollte dem Kind auf keinen Fall begegnen. Na, gut, sagte der Mann, was geht es dich überhaupt an, ich kann auf deine Ratschläge verzichten. Ja, fick dich, mach, was du willst, sagte die Frau, ging zur Tür und war weg, zählte draußen auf der Straße das Geld, als wäre es sehr viel, der erste Lohn, der ihr zustand, der erste gerechte Lohn. Fast glaubte sie es nicht. Sie kannte komplizierte Tauschverhältnisse Ware gegen Dienstleistung, eine Nacht in einem fremden Zimmer gegen die Benutzung ihres Körpers, die Verabreichung verschiedener Betäubungsmittel, auch Worte, kümmerliche Mahlzeiten, von drei verschiedenen Männern in drei Jahren drei Mal ein Bastard, dazu die Fälle, in denen einer sie weiterverkaufte, ihre Rache, dass sie alle täuschte, mit ihrem Körper, dieser Hülle, der leeren Festung. Etwas war neu, aber sie hatte keinen Begriff dafür, nur das Geld, das sie jetzt wieder und wieder zählte, die Münzen, die sie am Morgen gestohlen hatte, der zerknitterte Schein, der ganz anders war, der ihr anders gehörte, wie eine fremde Währung, die man erst tauschen musste, ein unbekannter Wert wie sie selbst.

Sie fuhr in die Stadt und probierte in den Kaufhäusern verschiedene Kleider, stand in den Kabinen vor den Spiegeln, wo sie sich langwierigen Prüfungen unterzog, stolz und mit einem herausfordernden Blick, den sie gleich übte, dann wieder übellaunig, den eigenen Körper missbilligend, voller Verachtung für sich und die Kleider. Sie fand ein rotes, das ihr auf Anhieb gefiel, sehr kurz, später ein schwarzes, das sehr ähnlich war, zog sich ein paar Mal um und zeigte sich, suchte die Blicke der Männer, damit sie ihr rieten. Sie konnte sich nicht entscheiden. Fuhr nach oben in die Cafeteria, trank eine Tasse Kaffee, kam wieder zurück und nahm das rote, weil es ihr auf Anhieb gefallen hatte, ein einfacher Schnitt, über dem runden Dekolletee ein schmales Band mit Spitzen, der Stoff eine Mischung verschiedener Fasern, waschbar, leicht glänzend, ein Rot wie Feuer, das helle frische Blut. Das Geld reichte. Es blieb sogar noch etwas übrig von dem vielen Geld, ein paar Scheine, Münzen; sie wollte das Kleid gleich tragen. Sie ließ die Etiketten entfernen und zog sich um. Auf der Straße musste sie sich dann immer wieder sehen, in den Schaufenstern im Vorübergehen, prüfen, wie das Kleid wirkte, subtile Veränderungen von Nachfrage und Angebot, das unausweichliche Steigen der Preise und Kurse, der Niedergang der Konkurrenz. Sie musste das Kleid jemandem zeigen, hätte am liebsten einen Mann gefragt, irgendeinen Passanten, der gerade vorbeiging; sie stellte sich vor, was dann wäre. Wie er sich vor sie hinstellen würde, sie kurz abschätzen, das Kleid, ihren Körper, die Sprache, in der das Kleid über ihren Körper redete, der uralte Instinkt, das Wissen des Jägers über die Beute, wenn sie in Frage kam.

Sie dachte an die Spiegel in der Wohnung, die großen Spiegel über dem Bett des Liebhabers, in dem sie die vergangene Nacht verbracht hatte, die Zimmer der Freunde, die sie kannte: mindestens ein Dutzend Adressen. Sie konnte überall hin, jetzt, in diesem Augenblick, mit dem neuen Kleid, das sie sich von ihrem Geld gekauft hatte und doch immer und immer prüfte, ob es ihr passte. Eine Freundin fiel ihr ein, sie war bekannt für ihren Geschmack, das schnelle, sichere Urteil, sie verkaufte Schuhe in einem Laden in der Nähe. Eigentlich mochte sie das nicht, ihre Freunde bei der Arbeit besuchen, auch die Freundin mochte es nicht, sie rümpfte sofort die Nase, als sie kam, sagte blitzschnell den vernichtenden Satz. Eigentlich war es mehr ein Blick, der Satz, den sie dann noch sagte: Du kannst es dir ja leisten, war höhnisch. Blöde Kuh, sagte die Frau und wollte glauben, dass die andere nur neidisch war, dachte kurz nach, wie sie es ihr bei Gelegenheit heimzahlen würde, irgendeine Gemeinheit, die ihr auf die Schnelle nicht einfiel, ein harmloser Satz, der sie in Schwierigkeiten brächte, eine Verleumdung. Die Frau antwortete ganz kalt: Na, dann einen schönen Tag. Doch danach, wieder auf der Straße, fühlte sie sich ganz nackt und wollte das Kleid nicht mehr tragen, nicht jetzt, da es beschmutzt war, sie würde es der Schwester noch heimzahlen. Sie überlegte, ob sie das Kleid umtauschen könnte, wollte sich unterwegs umziehen; nur aus Trotz hielt sie daran fest, dass es ihr gefiel, auch weil verschiedene Blicke es ihr bewiesen, als sie nach Hause fuhr; diesen flüchtigen Blicken, fand sie, durfte man trauen.

Sie stieg ein paar Stationen früher aus und ging das letzte Stück zu Fuß, weil es ein schöner Tag war, sie hatte es nicht eilig. Sie erkannte sofort, dass es das Mädchen war, auf einer der Schaukeln in den Höfen, allein ohne den Vater, als sei sie wieder gesund oder als verschiebe sie den Ausbruch der Krankheit auf die Ankunft der Mutter. Auch das Mädchen erkannte die Frau, in dem neuen roten Kleid, das sie trug, es schaute aber gleich weg. Nur weil das Mädchen wegschaute, ging die Frau hin und stellte es zur Rede. Sie fragte nach dem Vater, beschimpfte erst den Vater, dann das Kind, so ganz allein hier draußen, obwohl es krank war. Die Kleine schwieg, schien sie auch gar nicht zu beachten, nur manchmal von der Seite, weil sie hoffte, die Frau könnte endlich gehen, oder weil sie sich gewöhnte. War es schlimm, fragte die Frau und nannte ein paar Dinge, die man auf jeden Fall tun musste, wenn man eingesperrt war, vor allem viel Wasser trinken gegen den Durst und den Hunger, irgendetwas zählen, singen, nicht wüten, warten; irgendwann lassen sie dich raus. Die Kleine begann zu schaukeln, hörte aufmerksam zu, was die fremde Frau sagte, sie musste dazu nur schaukeln. Dein Vater meint es nicht böse, du musst nett sein zu deinem Vater. Weißt du, wie man nett ist zu einem Vater? Das Mädchen nickte, schaute sie jetzt auch an, es war nicht klar, ob sie alles richtig verstand. Die Frau sagte: Dein Vater ist zu viel allein, er hat keine Frau, deshalb musst du nett zu ihm sein, ich kann's dir nur raten. Weißt du, wovon ich rede? Das Mädchen erschrak, aber es nickte, zwei, drei Mal, es hatte verstanden, die Frau war fast sicher.

Komm, sagte die Frau und fühlte der Kleinen die Stirn; die Stirn war ganz heiß. Du musst ins Bett, ich bring dich zu deinem Vater, sagte sie und wartete; nach einigem Zögern, mit gesenktem Kopf, kam sie gelaufen. Und wie findest du nun mein Kleid, fragte die Frau und dachte an ihre Söhne, wenn sie erst sprächen und ihr sagten, was sie schön fanden an ihr; das Mädchen fand das Kleid schön. Die Frau sagte: Du kannst mich ja besuchen, wenn du gesund bist, ich habe zwei Kinder, jünger als du, zwei Jungs. Sie nannte die Namen ihrer Kinder, ihre Eigenheiten beim Essen, Spielen, ihre Vorliebe für alles, was sich bewegte, aber so, als seien sie gerade verreist und nicht da, oder als sei sie es, die gerade nicht da war und auf einer ihrer Reisen erzählte, dass sie zwei Söhne hatte, die noch immer nicht richtig sprachen, irgendeiner Bekanntschaft im Zug oder in einem Bus, der sie mitten in der Nacht in eine andere Stadt brachte, weit weg. Einen Augenblick konnte sie sich das vorstellen, die Ankunft am frühen Morgen, und von was sie dann lebte, was sie eigentlich konnte, welche Kenntnisse sie erwerben müsste, die ersten Brocken in einem schäbigen Zimmer, das sie sich mietete und mit ihrem Lohn bezahlte, die Lebensmittel, die sie dort brauchte, die neue Wäsche für berufliche Zwecke, dazu Hosen, Kleider, die passenden Münzen für den Waschsalon, Medikamente, Cremes, ab und zu einen Anruf zu Haus. Sie kam nicht weiter. Sie dachte an einen Film, den sie vor kurzem gesehen hatte, der Film hatte so einen Anfang erzählt, war nicht weiter gekommen als bis zu diesem Anfang, oder sie hatte den Rest vergessen. Das Mädchen sagte: Mir ist kalt. Die Frau erklärte, dass das vom Fieber sei, ihr Körper müsse jetzt kämpfen, wenn das Fieber vorbei sei, habe er den Kampf gewonnen.

Das Mädchen gab der Frau die Hand, sagte noch etwas zu dem roten Kleid, dass es schön glänzte, das Mädchen hatte Hunger. Ich mag rosa sehr gern, rot auch. Schau, sagte das Mädchen und blieb auf einmal stehen, zeigte ihr rosarotes Kleidchen, drehte sich einmal im Kreis, dann ein zweites und ein drittes Mal, eine kleine pummelige Tänzerin. Ich habe Hunger, sang das fiebrige Mädchen, es tanzte seinen Hunger, kokett und wieder nicht kokett, angewiesen auf ein Lob, das ausblieb, den guten Blick. Kannst du das auch, fragte das

Mädchen und machte noch einmal einen Versuch, nicht sehr ernsthaft. Darauf erwiderte die Frau: Nun hör schon auf, ich hab's ja gesehen, klein und pummelig wie dieses Ding, als wären sie beide aus demselben Stoff, als wäre sie selbst einst aus diesem Stoff gewesen, vor Zeiten, biegsam und störrisch. Sie gingen über den Hof zum Aufgang, wo der Vater seine Wohnung hatte. Im Gehen sagte die Frau: Du bist dick. Du musst weniger essen. Sonst wirst du sehr hässlich. Sagt dir das denn niemand? Das Mädchen schüttelte den Kopf. Auch dein Vater nicht? Wieder verneinte es. Man sah, die Sätze hatten eine Wirkung, sehr verstreut, sie trafen, an weit auseinander liegenden Stellen. Die Frau brachte das Kind zum Vater. Der Vater, der ihr am Morgen den ersten Lohn bezahlt hatte, sagte: Was geht es dich an. Geht es dich was an? Es geht dich rein gar nichts an. Die Frau erwiderte: Aber das Kind ist krank, es hat Hunger. Was glaubst du, was ein Kind ist? Mit diesen Worten schob sie die Kleine in die Wohnung, die Kleine drehte sich noch einmal um, dann verschloss der Vater die Tür, betätigte von innen den Riegel, er schloss die Frau aus.

Wieder überlegte sie, wohin sie gehen sollte. Die Wohnung, für die sie Miete bezahlte, und die Wohnung ihres Liebhabers lagen nicht weit auseinander, keine fünf Minuten, links oder rechts; für beide Wohnungen hatte sie Schlüssel. Sie setzte sich auf die Schaukel, auf der zuvor das Mädchen gesessen hatte, sie schaukelte und döste. Wieder zählte sie das Geld, das ihr geblieben war, erwog, wie schwer oder leicht sie es verdient hatte, bis auf einen Geruch, der blieb, die Spur des Mannes, ein Fleck auf ihrem Kleid, obwohl dort gewiss kein Fleck war, sie hatte das Kleid ja erst gekauft. Sie suchte das Kleid nach einem Fleck ab; es war kein Fleck da. Sie klimperte mit den Schlüsseln. Hierhin oder dorthin. Sie hatte Durst und wieder Hunger, wie das Mädchen; in der Wohnung des Liebhabers war es angenehm kühl und dunkel. Sie zog das Kleid aus und später wieder an, schaute in verschiedene Spiegel, denn ihr Liebhaber hatte überall Spiegel, auch einen riesigen Hohlspiegel, über dem Kopfende des Bettes, als liege es in einem toten Winkel, den man ohne Spiegel nicht einsah. Als sie ihn einmal nach den Spiegeln gefragt hatte, hatte er geantwortet: Das sei ihretwegen, weil er von ihr nie genug bekomme, damit er sie immer im Blick habe, auch die Wände, Decken, Winkel, die mit ihm verbündet waren. Aber sie wusste, dass es eine Lüge war, sah all die anderen, die gewesen waren und noch kommen würden, ihre in Spiegeln gespiegelten Bilder, hundertfach wie sie selbst, eine unendliche Reihe schiefer und verzerrter Körper.

Nach einer Stunde begann sie sich zu langweilen. Sie rief den Mann in der Arbeit an, fragte, wann er käme, ja, bald, er sei schon fast unterwegs. Sie überlegte, ob sie ihm das Geld zurückgeben sollte, wenigstens den Schein, in die Jackentasche, wo sie ihn am Morgen gefunden hatte, wollte ihn fragen, ob er mit zum Essen komme, irgendwohin. Doch der Mann, als er kam, hatte keine Lust. Ich bin müde, was fragst du, außerdem hast du kein Geld. Doch, doch, sagte die Frau, Geld habe sie. Der Mann lachte sie aus. Woher denn. Das werde sie ihm sagen, wenn er mit ihr komme, nur nach nebenan ein paar Nudeln, wie immer. Was ist los, fragte der Mann, lass mich in Ruh, heute nicht. Aber warum, fragte die Frau, denn ihr fiel ein, dass es noch etwas anderes zu besprechen gab, sie wollte wissen, was er damit zu tun hatte, wie alles zusammenhing, das ganze Leben. Der Mann, weil er etwas spürte, weil er glaubte, er müsse sie besänftigen, fragte nach ihrem Tag. Hast du schlechte Laune? Das war es nicht, was sie meinte. Sie zog sich von ihm zurück, ließ ihn aber nichts merken, saß am Tisch in der Küche, ein bisschen schräg, mit übereinander geschlagenen Beinen, nicht trotzig, eher launig, in Erwartung der Sätze, die er sagen würde, irgendwelche bedeutungslosen Sätze. Er schaltete den Fernseher ein und fragte nach einem Bier, wollte, dass sie ihm eins brachte, bitte kalt. Na, klar, du Arsch, dachte sie, ging aber gleich los und schaute nach, ob sie genügend hatten, sie hatten genug für mehrere Abende. Sie sah ihm eine Weile zu, wie er trank, dann fiel ihr etwas ein, sie sprang auf und ging nach draußen in den Flur, suchte seine Jacke und fand sie auch, irgendwo in einer Ecke am Boden, eine Hand voll lose Scheine in einer der beiden Taschen, kleine und große Scheine, ein paar hundert Mark. Sie fragte: Hast du

Geld? Ich will noch kurz weg. Der Mann aus dem Zimmer rief: Nein, wieso, leider nein, was brauchst du Geld. Holst du was zu essen? Die Frau sagte, ja, klar, leck mich, dann nahm sie, was sie brauchte, was sie dachte, dass ihr zustand, ging zurück ins Zimmer und verbrachte den ganzen Abend mit ihm.

4

◊ SAMSTAG ◊ In einer Sommernacht im Jahr 1999 – gegen Morgen schon – lag eine junge Frau neben ihrem Liebhaber und beobachtete, wie er schlief, registrierte die auf- und absteigenden Wellen des Schmerzes, in ihren Eingeweiden irgendwo, vier Tage über der Zeit. Mit einem gewissen Erstaunen bemerkte sie, dass der Mann im Schlaf schmatzte, den Geruch seiner Haut, seinen faulen Atem, die flattrigen Spuren eines Traums, der ihn beschäftigte, sehr fern, als gingen ihn ihre Schmerzen gar nichts an. Sie änderte die Position der Wärmflasche, erleichtert, dass ihr Körper wie vorgesehen funktionierte, auch wütend, dass er das musste, dass es eine Wahl gab, die sich ihrem Willen entzog. Sie wusste, das Blut machte sie empfindlich, der Ekel vor dem Mann, der es doch gewiss auch roch und sich ekelte, das ganze Elend der chemischen und mechanischen Maßnahmen, die sie widerwillig ergriffen, dem warmen Schaum der Zäpfchen, die sie verwendete, der Geruch der Gummis. Sie konnte lange nicht schlafen mit diesen Gedanken, hatte einen Traum, aus dem sie kurz erwachte, wollte danach nur zurück in diesen Traum. Der Traum handelte von einem langen Stab aus Gold und machte sie sehr glücklich. Sie hatte den goldenen Stab poliert, Millimeter für Millimeter, mit einem groben Tuch, das sehr schmutzig war; erst im Erwachen, weil der Mann sehr laut war, stellte sie fest, es war ein männliches Geschlechtsteil, der vergoldete Schwanz eines Königs. Steh endlich auf, sagte der Mann. Die Frau erklärte, warum sie noch müde war, ihre Gründe. Der Mann wollte sie zwingen, halb im Scherz, zog ihr die Decke weg, nannte sie ein faules Luder; denn ein faules Luder war sie. Sie stand nicht auf. Der Mann wurde böse und ging in die Küche, wo sie ihn lange hantieren hörte, verschiedene Sätze, die er sagte, als wäre sie wirklich da, neben ihm auf dem Stuhl, verschlafen, aber doch wach, lauernd, auf irgendwelche Befehle gefasst, sich duckend.

Als der Mann fort war, vielleicht schon vorher, schlief sie wieder ein, dachte kurz an die Söhne, die allein in ihrer Wohnung waren, wollte zurück in den Traum. Auf einmal wusste sie ganz genau, was ein Traum war, wie eine Statue in einer leeren Landschaft oder ein weithin sichtbares Gebäude, ein buntes Haus mit Türen und Fenstern, kaum zu verfehlen, am Ende einer schnurgeraden Straße, mitten in dieser Wüste das kleine Haus. Später hörte sie eine Stimme und wie die Stimme sagte: Warum kauft sie nicht ein. Wenn du schon hier bist, könntest du wenigstens einkaufen. Oder zu was bist du nütze. Das war die Stimme des Mannes, der ja längst fort war, auf dem Weg zur Arbeit, wo er sie wie immer auf Anhieb vergaß, mit dem ersten Schlag auf das Blech, uneinholbar und nur für sich, in einem lärmenden Kosmos der erfüllten Dinge, gewuchteten Reifen und frisch lackierten Karosserien, denn das war die Welt des Mannes: dieser Geruch nach Benzin und Farbe, dieses Wühlen im Innersten der Maschinen. Es war schon weit über Mittag, als sie aufstand. Sie schlüpfte in seinen Bademantel und überlegte, ob sie sich waschen sollte, wechselte die Binde, kam sich sehr unnütz vor, wie ausgesetzt. Sie schaltete den Fernseher ein und wieder aus, ging zurück ins Schlafzimmer, wo sich seit Wochen auf einer Kommode verschiedene Plüschtiere sammelten, diesen Plüschtieren wandte sie sich jetzt zu. Erst zählte sie die Tiere, begrüßte sie, dann gab sie ihnen eine Ordnung, nahm sie von der Kommode weg und stellte sie unter den Spiegeln auf wie bei einer Parade, geordnet nach ihrer Größe (die kleinen zuerst), dann nach ihrer Farbe, der Beschaffenheit des Fells, aus welchen Kontinenten sie stammten, alle in einer Reihe oder in einzelnen Gruppen die Tiere des Wassers, der Erde und der Luft. Keine Ordnung gefiel ihr. Sie schrieb sich auf, was sie alles hatte, auf einem Zettel eine lange Liste von A bis Z, sagte sich alle auf, wie im Gedicht: Der Bär, der Elefant, der Fuchs. Die Giraffe, der Hund. Noch ein Hund. Das Kamel, die Katze, das Krokodil. Der Löwe, das Nilpferd, das Pferd. Die Schlange.

Das war es, womit sie sich über eine Stunde beschäftigte. Manchmal fehlte ihr das Wissen, dann wieder gab es Überschneidungen, Tiere lebten auf mehreren Kontinenten zugleich, oder halb im Wasser, halb an Land, es fehlten bei den Farben blau und violett, die Beschaffenheit des Fells (wenn es denn ein Fell gab; die Schlange zum Beispiel hatte gar kein Fell) war nicht immer leicht zu unterscheiden. Manchmal ging sie kurz weg in ein anderes Zimmer, streifte durch die Wohnung, kam wieder zurück, denn an den Dingen hing ihr Herz: dreizehn Tiere aus Plüsch, mit dazugehörigen Namen und Erinnerungen, Gelegenheiten in Kaufhäusern, Freundinnen, Liebhabern, die sie ihr geschenkt hatten, ein blitzschneller Diebstahl in einer Tankstelle. Sie fing ein merkwürdiges Spiel an, auch Gespräche mit dem einen oder anderen; sie begann mit den Tieren zu sprechen. Sie nannte sie bei ihrem Namen, erfand ihnen neue, wenn sie die alten nicht mehr wusste, vermischte Rollen, verschiedene Konstellationen der Feindschaft, Rituale der Ohnmacht, das Patt zwischen den Starken, den bevorstehenden Aufbruch der Karawane. Alle durften mit, nur das Krokodil nicht, denn es war böse, du bleibst, wo du bist, armes Krokodil. Wir wollen, dass es mitkommt, wir alle oder keiner: Das war der Chor der Tiere, um sie herum, das nervtötende Summen der Vergangenheit. Sie lag mit dem Kopf auf dem Bett, mitten unter den Tieren wie ein altes Kind, lauschte den Stimmen, schlichtete Streit, wenn er aufkam, sagte Ja oder Nein, nicht oft, nur in Fällen, wo es unvermeidlich war, überließ die Dinge ihrem Lauf. Manchmal hielt sie inne und sah sich selbst, wie sie da spielte und redete, dachte, sie müsse sich verachten; es blieb aber ein Gedanke, flüchtig, fast ohne Gewicht.

Sie wusste, dass es auf rätselhafte Weise um ihre Vergangenheit ging, den ganzen Irrsinn, die Bilanz ihres Lebens. Aber das wusste sie, wie man in einem verdunkelten Zimmer weiß, dass es draußen Tag ist, die Intensität des Lichts, die man ahnt oder nicht, der Schimmer der Dinge, für den man eine Weile ein Gefühl behält, nicht auf die Stunde genau, nur ungefähr, und nach Tagen in totaler Finsternis, wenn der Rhythmus verloren geht, überhaupt nicht mehr. Alles bewegte sich durch den Raum: Vater Mutter Kind, die Tiere. Aber da, wo sie sich bewegten, war es flach und öd, eine schorfige Landschaft, fast hügellos, verschwommene, fahle Farben, das Auge suchte umsonst nach Malen, nur Schemen; entsetzliche Weite. Den ersten Jungen sah sie, das erste Mal mit dem Jungen, die helle Stunde, überhaupt alles, was das erste Mal war, das waren dann immerhin Spuren, die Schrammen, Zeichen, wie Reifenabdrücke auf schweren nassen Wiesen, abgetragene Grundrisse, die vom Wind umgeknickten Halme in einem Getreidefeld, außerirdische Botschaften, deren Codes noch keiner entschlüsselt hatte. Am Wegrand die Blumen: Das waren die Monate als Floristin. Vier Flüsse, die viel Geröll mit sich führten, eigentlich Rinnsale, tote Wasser. Der Brief an die Mutter war der Brief an die Mutter. Der Vater der Vater. Die Mutter sagte: Ich kann nicht mehr, der Weg ist zu weit, ich muss sterben, lasst mich. Der Vater klatschte in die Hände. Sie fragte den Vater: Ist es dir recht? Darauf der Vater: Sie wird nicht viel spüren. Es dauert nicht lang. Und mit dir gehe ich. Er sagte, bis ans Ende der Welt.

Danach wusste sie nicht weiter. Sie horchte auf den Schmerz, ob er noch da war, dann rief sie die Mutter an; sie war zu Haus. Warum rufst du an? Wo bist du?, fragte die Mutter, weil sie das nicht kannte: als wäre die Tochter verreist. Wir essen gerade Obst, Vati kauft Kohlen zum Grillen, für die Kleine eine Kassette mit Liedern, sie hört doch so gerne die Lieder. Was willst du? Die Frau, die Tochter, sagte: Ich habe meine Tage, es geht mir zum Kotzen, ich will nach Haus. Sie hörte, wie die Mutter irgendwelche Teller aufeinander stellte; eine Schublade ging auf und zu, sie klapperte mit Türen, dachte nach oder hörte gar nicht zu; es dauerte sehr lang, bis die Mutter antwortete. Bist du nicht in deiner Wohnung, fragte sie, erkundigte sich nach den Kindern; die Kinder schliefen. Die Frau erinnerte die Mutter an einen Brief; die Mutter tat, als hätte sie ihn nicht bekommen, nur ein paar Zeilen: Liebe Mutter, ich kann nicht mehr, ich drehe durch, dieses verdammte beschissene Leben. Hast du meinen Brief bekommen, fragte die Frau, und darauf die Mutter: Ja, aber nicht jetzt, das alles meinst du nicht ernst, werd endlich erwachsen, deinem Vater darf ich den Brief nicht zeigen. Die Frau, die Tochter, wollte erwidern: Ich liege wie ein Tier in dieser Steppe, es geht mir nicht gut, du hast den Schlüssel, kümmere du dich. Durchs Telefon hörte sie einen Schlüssel im Schloss, wie der Vater mit der Kohle kam, vor dem Vater konnte die Mutter nicht reden. Auch die Stimme des Mädchens, das bei ihnen wohnte, konnte sie hören, wie es zur Tür lief und bettelte; es sollte doch um Himmels willen nicht betteln.

Die Frau legte auf und kehrte zurück zu ihren Tieren, begann sie zu trennen, suchte nach Orten, wo sie bleiben könnten, Verstecke, geheime Winkel. Sie warf ein paar Tiere weg und vergaß sie, suchte in der ganzen Wohnung nach Dingen des Mannes, irgendwelchen Geheimnissen, Spuren seines früheren Lebens, Lippenstifte von Frauen, Briefe, die er bekommen hatte, all das. Anfangs suchte sie ganz flüchtig, nahm nur wahr, was sie auf Anhieb entdeckte, blätterte ein paar Magazine mit Kontaktanzeigen durch, fand in einer Truhe alte Schallplatten, Schuhe, einen Physikbaukasten, verwackelte Fotos von Partys, auf denen er gewesen war, ein Junge mit langen Haaren und fiebrigem Blick beim Tanzen, trinkend, auf einem Lager aus Matratzen, mit einem Mädchen auf diesen Matratzen, sie war aber nicht sicher, ob er das war. Auf anderen Fotos war er nackt, beim Schwimmen an einem See. Verschiedene Bilder mit Mädchen, die ebenfalls nackt waren, hatte er auf der Rückseite nummeriert, mit Ort und Datum, darunter Zahlen, die alles Mögliche bedeuten konnten, irgendeine Statistik des Beischlafs, die sie nicht durchschaute, mit einem Gefühl der Erregung, auch der Eifersucht, wenn es eine sehr hohe Zahl war. Sie begann zu rechnen, überschlug die Male, die sie mit ihm geschlafen hatte, ihren Rang. Sie suchte ein Foto von sich, denn er hatte sie und sich ein paar Mal fotografiert, unter den Spiegeln, wenn er auf ihr lag, er hatte immer bis zum letzten Moment gewartet. Die Fotos waren nicht da. Jetzt suchte sie nur noch nach den Fotos, fand in einer Schublade Zeichnungen, die er als Kind gemacht hatte, ein Haus und ein Baum, alles in hellen, kräftigen Farben, die ganz falsch waren: als hätte er alle Farben verwechselt. Sie hätte nicht sagen können, auf was sie zu stoßen hoffte, auf welche Genugtuung, welches Entsetzen. Es war nur eine Bewegung. Das reine Suchen.

Sie fand die Puppe in einem Schrank im Vorraum, verborgen unter einem Stapel Pullover, dreimal gefaltet, ein großes Tier aus Latex, mit zwei faltigen Löchern im Mund- und Genitalbereich, fast so groß wie sie. Sie wartete einen Moment, ob sie den Fund auch glaubte, ob sich eine dazugehörige Empfindung einstellte, dann nahm sie das Ding heraus, ganz ruhig und gefasst, entfaltete es, sah das Gesicht, suchte nach dem Ventil, blies das Mädchen auf. Es war sehr mühsam. Nur langsam erwachte es zum Leben. Das stumme Ding begann sich zu räkeln, sein Körper gewann Kontur, wie eine Luftmatratze, seufzend, wie nach langem Schlaf. Von Zeit zu Zeit hielt die Frau inne, prüfte Schenkel und Brüste, ob sie schon spannten, doch sie waren noch immer schlaff, wie lebendiges, etwas kraftloses Fleisch. Sie sah sich an, was sie getan hatte, sie sah sich das Mädchen an. Sie holte die Tiere. Schau, was wir hier haben, sagte sie zu dem Löwen, steckte seine Tatze in das Loch, das der Mund war, das Loch zwischen ihren Beinen, wie ein böses Kind. Sie dachte kurz an den Mann, was sie ihm sagen würde, wie überrascht er wäre; sie brachte ihn gar nicht in Verbindung damit. Sie legte sich auf die Puppe, ihr Fleisch, das doch aus Luft war; das Fleisch war angenehm fest und wiederum weich. Später setzte sie die Tiere auf das falsche Fleisch, auf Mund und Arme des Mädchens, ihre Brüste, Schenkel, das Geschlecht, wie in einer Zoolandschaft, ein jeder in seinem Revier, sie beschützend, ihre Wächter. Sie legte sich auf den Boden, neben die Puppe; legte die Arme um ihre Hüften, siedend heiß vor Scham, vor Genugtuung.

Ein paar Minuten blieb sie so liegen, dann hörte sie eine Stimme: Bist du nicht ein bisschen alt, um mit Puppen zu spielen? Was machst du? Was liegst du da? Geh weg von dem Mann. Du hast hier nichts verloren. Geh fort. Oder bist du dumm? Sie schüttelte den Kopf, wie ertappt, die Stimme hatte Recht, so war es vernünftig, so vernünftig war sie immerhin, sie sprach es selbst aus. Dann stand sie auf, schüttelte etwas von sich ab, nahm die Puppe und legte sie zurück in den Schrank, mit geöffnetem Ventil; er sollte ruhig sehen. Wieder begann sie zu suchen, aber nun mit einem anderen Blick, kälter, auch genauer. Fast boshaft durchwühlte sie jetzt seine Sachen, sammelte Beweise, eine lange Liste von Fehlern, seiner Nachlässigkeit als Mann, der Dinge, die zu tun gewesen wären, die keiner tat. Sie sah abgerissene

Knöpfe, schmutzige Pfannen und Töpfe, eine unbezahlte Rechnung, schmutzige Socken, halb ausgetrunkene Dosen Bier, wo sie nicht hingehörten, unter seinem Bett noch einmal Zeitschriften, einen nicht entwickelten Film; wahrscheinlich waren es die Bilder, auf denen sie war. Nebenbei sah sie sich eine Folge *Die Simpsons* im Fernsehen an, aß eine Packung Chips, die sie in der Küche gefunden hatte, eine Dose Bier, halb fünf. Ein bisschen suchte sie noch, sortierte sogar seine Videokassetten, verschiedene Western, die sie nicht mochte, ein paar alte Folgen *General Hospital*, ein Fußballspiel, Aufzeichnungen diverser Talkshows vom Nachmittag, eine Kassette mit der Aufschrift *Kinder IV*, die ihr nichts sagte.

Man sah ein Kind. Ein Grundstück am Waldrand. Eine Schaukel. Die Aufnahme war ziemlich verwackelt, von weit her, aber man sah, dass es ein Kind war, keine sechs Jahre alt, ein Mädchen im Kleid, das beim Schaukeln redete, man verstand kein Wort. Sommer. Dann die Stimme eines Mannes im Off. Bist du ein feines Mädchen? Komm, ich zeig dir was. Ich zeig dir einen Schatz. Im Wald ist er vergraben. Darauf eine Mädchenstimme, wieder im Off (es war nicht die Stimme des Mädchens auf den Bildern): Au ja, was für ein Schatz? Ein richtiger Schatz? Zeig mir, wo der Schatz liegt. Ich will den Schatz suchen. Dann ein Schnitt. Wieder das Mädchen im Kleid, wie es in den Wald ging, an der Hand eines Erwachsenen, man konnte nicht erkennen, wer es war. Hier ist es, sagte die Stimme des Mannes im Off, dann Schnitt auf ein großes Loch, eine Schaufel, die grub und Erde aus dem Loch hob, nur die Schaufel, kein Mädchen, kein Mann. Auf einmal war Musik zu hören; die Frau dachte: Märchenmusik. Man sah das Mädchen, wie es neben dem Loch kniete und etwas in der Hand hielt (sehr glücklich), dann in einer schnellen Folge das Mädchen nackt, das Mädchen nackt auf dem Waldboden (verängstigt), das Mädchen und ein Mann, der sich über das Mädchen beugte, der Mann, wie er das Mädchen missbrauchte, Ende der Musik, dann Schnitt, Originalton. Man hört, wie das Mädchen weint. Der Mann, wie er sagt: Hör auf. Was schreist du. Hör endlich auf zu schreien. Dann Schnitt. Schwarzblende. Die Frau wollte schon abschalten. Dann sah sie das zweite Kind. Das Grundstück am Waldrand, die Schaukel, alles wie beim ersten Mal. Die Aufnahme war verwackelt, von weit her, aber man erkannte, dass es ein Kind war, nur unwesentlich älter als das erste, das Kleid war blau. Wieder die Stimme des Mannes im Off. Bist du ein feines Mädchen? Deine Schwester ist ein feines Mädchen. Weißt du, wo deine Schwester ist? Dann Schnitt. Das Gesicht des Mädchens in Großaufnahme, versteinert. Ich darf mit Fremden nicht reden. Geh weg. Darauf die Stimme des Mannes im Off; die Stimme begann zu lachen. Das Mädchen sprang von der Schaukel; der Mann lachte dem Mädchen hinterher, man sah es lange rennen, wie es aus dem Bild floh, über Wiesen und Felder, weit weg.

Keine zwanzig Minuten hatte der Film gedauert. Die Frau saß nur da, ließ die Bilder noch einmal an sich vorüberziehen, bedachte die Wirkung der Bilder, auch der Stimmen, wie betäubt und zugleich belebt, neugierig auf jede Einzelheit, die rätselhafte Stimme des Mädchens im Off, was für ein Mädchen das war (als wäre sie es selbst). Sie spulte die Kassette zurück, bis zu der Stelle, wo das geschändete Mädchen zu sehen war (einen Augenblick), dann noch weiter zurück bis zu der Stelle, wo es in den Wald ging, an der Hand des Erwachsenen (vielleicht war es ja die Mutter), irgendeines Erwachsenen. Sie stoppte das Band und betrachtete lange die Stelle Hand-in-Hand, die Vertrauensseligkeit der Geste, der Austausch von Wärme und Kälte, die Angleichung der Temperatur, die das Vertrauen war, die unendliche Zweideutigkeit all dessen, was Hände taten. Sie spürte die Hand des Mädchens in ihrer Hand, dann wieder war sie das Mädchen, das seine Hand gab und wärmte, erregt von der Aussicht auf die Entdeckung des Schatzes. Sie merkte, wie da jemand an ihr zog und wollte, dass sie stehen blieb, aber sie ging immer weiter, ließ sich von der Hand nicht ziehen, sondern zog selbst, ließ die Hand los und ging immer weiter ins Innerste des Waldes zu der Stelle, wo der Schatz war, wo sie vermutete, dass das Graben lohnte, wo das Wunder auf sie wartete. Eine Stimme rief: Komm zurück. Aber sie hörte nicht auf die Stimme, sie war schon weit weg. Sie kam an einen Bach, sah, dass das Mädchen an einen Bach kam und ihn überquerte, hüpfend von Stein zu Stein, sehr leicht, ohne Bewusstsein der Gefahr, unversehrt, aber nicht mehr sie selbst, die nun nur noch beobachtete, aus immer größerer Entfernung, wie das Kind eine Weile dem Wasser folgte, am Ufer einem kleinen Pfad, der sehr steil in ein Tal abfiel, und dort, am Ende des Tals, tief unten, war das Meer oder eine Stadt, die nicht weit vom Meer entfernt lag, dort wollte das Mädchen hin.

Gegen halb sechs läutete das Telefon. Sie holte die Kassette aus dem Recorder, am Telefon war der Mann. Ob sie schon einkaufen gewesen sei, die Geschäfte machen gleich zu. Ja, eben in diesem Moment, gerade sei sie zur Tür herein, sagte die Frau. Der Mann sagte: Na, dann. Bis später. Sie sagte: Bis später. Darauf er: Ist etwas? Du klingst so komisch. Als hätte ich dich geweckt. Ja, nein, sagte die Frau und achtete auf seine Stimme; die Stimme aus dem Video war es nicht, auch die Hand war eine andere, sie hatte die Hände schon verglichen. Als er aufgelegt hatte, räumte sie alles weg, wie ein Verbrecher alle Spuren, dann ging sie einkaufen, packte die Dinge in den Kühlschrank, fand ein Stück verschimmelten Käse, eine abgelaufene Milch; das alles warf sie weg, in den Mülleimer neben der Spüle, wo sie ein paar Plüschtiere entdeckte, die Tiere, die sie vor Stunden aussortiert hatte: die Giraffe, das Kamel, die Schlange. Auf einmal bereute sie ihre Wahl. Sie holte die Tiere aus dem Müll, putzte ihnen das Fell, wo es schmutzig geworden war, rieb das Fell trocken, stellte sie ins Fenster hinter den Vorhang, wo man sie nicht sah, dort sollten sie warten. Sie dachte an den Mann, der bald kam, wie sie ihm gefallen könnte, nun, da sie wusste, er hatte vieles vor ihr verborgen, weil er ihr nicht traute, weil er noch wartete oder seine Geheimnisse nicht ernst nahm. Es ging sie nichts an. Sie fand, es ging sie gar nichts an. Sie würde ihn nicht fragen. Sie dachte kurz an die Puppe, wie er das machte, wie man eine solche Puppe nach dem Gebrauch reinigte, dann suchte sie nach den Kassetten mit der Aufschrift *Kinder I–III*. Aber sie waren nicht zu finden.

Sie rief noch einmal die Mutter an und wartete auf einen günstigen Moment, fuhr ihr bei der ersten Gelegenheit über den Mund, sagte schlimme Sätze, die sehr endgültig klangen: Was sie sich in Zukunft ein für alle Male verbat. Die Mutter, unter der Wucht des Angriffs, konnte nur schweigen. Die Frau sagte: Ich vergesse dich schon. Euch alle. Ihr seid tot. Es ist zum Lachen, so leicht. Dann ging sie in die Küche und begann zu kochen. Sie schälte Kartoffeln, schnitt das Gemüse, das rohe blutige Fleisch, alles sehr klein und mit wohldosierter Energie, als zerlege sie alles, was falsch war, in erträgliche, leicht verdauliche Portionen. Sie legte ein paar Lieder von Bruce Springsteen auf, dachte an den Mann, dessen Musik das war, dachte an ihn, mit einer Art Stolz, dass er so war, dass sie ihn nicht ergründete, alles, was männlich an ihm war, die unaufhebbare Differenz, die sie normalerweise erschreckte, die sie befremdete. Jetzt nicht. Nicht mehr, dachte sie. Auch vor mir selbst erschrecke ich nicht. Ich kann mich kennen lernen. Ich bin nicht so schwer verständlich. Dabei dachte sie an das, was sie heute getan hatte, wer sie da war oder zu sein versuchte, ein letztes Mal, wie ihr vorkam, wie in einem Fieber, durch das sie hindurch musste, eine Art Prüfung, die sie bestanden hatte, damit sie endlich wusste, wer sie war. Aus der Küche zog ein Duft von gebratenem Fleisch zu ihr herüber, der Wohlgeruch des Abends. Sie hatte eine kurze, stummelige Nase, die sich beim Lachen kräuselte, ein dummes kleines Mädchen mit Sommersprossen, das sich nicht mochte, beim ersten Sonnenstrahl, dass sie einfach kamen und blieben, sie konnte gar nichts dagegen machen.

Als der Mann kam, setzte er sich an den Tisch und begann zu essen, nahm zur Kenntnis, dass sie gekocht hatte, zufrieden, dass es so war, dass er sie erinnert hatte. Er erzählte von der Werkstatt, wie sie dort alle seit Tagen schwitzten und tranken, ein Kasten Wasser für jeden Mann, das war bei dieser Hitze das Mindeste. Er sagte: Für die Kinder ist es bestimmt schwer. Er fragte nach den Kindern, wie das alles wäre, wie Kinder rochen, wenn sie schwitzten, lauter solche Fragen. Die Frau sagte: Ach ja. Na ja, ganz anders. Es ist alles anders. Sie riechen eher muffig, wie bittere Schokolade, altes Leder, was weiß ich. Darüber denke ich nicht nach. Sie wollte über sich und den Mann reden, einen Plan machen für das Wochenende. Wenn es weiterhin so heiß wäre, könnten sie schwimmen gehen, mit dem Auto an den See, was meinst du. Auf einmal war sie ganz euphorisch, dachte sich aus, wie das alles wäre, ein großes Picknick nur sie und er, auf einer großen Decke im Schatten. Sie wollte nur faulenzen, endlich einmal faulenzen, auch lernen, wie man richtig schwamm, wie ein Schmetterling, wie der Mann. Auch mit den Kindern wollte sie schwimmen gehen, vielleicht morgen, die armen Kinder in der Wohnung, in der ab Mittag die Sonne stand, ganz matt waren sie, liebten das Wasser, was liebten sie das Wasser. Wenn es ihr ein bisschen besser ginge, ja, morgen, dachte sie. Sie glaubte selbst nicht daran. Sie durfte das gar nicht. Es war eine Lüge. Eine dieser verdammten Lügen.

5

◊ SONNTAG ◊ Eines Tages im Juni, als sie gar nicht damit rechnete, entdeckte eine junge Frau in der Zeitung eine Notiz, in der ihr Name vorkam, eine Geschichte und der Name, den sie nicht mochte. Die Frau hatte drei Kinder und las in einem Café von einer Frau, die ihre drei Kinder ermordet hatte, eines Morgens, als sie noch schliefen, am anderen Ende der Welt. Mit einem Küchenmesser hatte sie ihnen die Kehle durchgeschnitten, ohne vorherigen Plan, auch weil kein Mensch in der Nähe war, der es hätte verhindern können, eine Frau Mitte zwanzig, in einer amerikanischen Kleinstadt in der Nähe eines großen Flusses, alle fünf Minuten ein Kind. So las sie es. Nicht alles stand tatsächlich so geschrieben, manches erfand oder veränderte sie, malte sich aus, wie das war, die Sekunde der Entscheidung, das dämmrige Licht und das Blut, der Rhythmus des Tötens, der sich einstellte, die schwere Arbeit des Mordens. Die Frau mit dem Namen der Mörderin las die Notiz sehr schnell, dann ein zweites und drittes Mal, wie um sich zu vergewissern, dass es wirklich wahr war, ihren Namen, den sie nicht mochte: Sie hieß Cornelia. Sie stolperte immer wieder über den Namen. Sie dachte an einen Mann, der vor Jahren etwas zu ihrem Namen gesagt hatte, weil er sich mit Namen auskannte, in einer Kneipe spätnachts (als könne er sie so trösten): Du bist nicht das, was dein Name über dich sagt. Du bist eher weich. Ob du ein Herz hast, kann ich nicht wissen. Sie riss die Seite mit der Meldung aus der Zeitung, steckte die Meldung ein, sie konnte sie fast auswendig. Die Frau am anderen Ende der Welt war verrückt geworden über ihre Tat, man fand sie ganz starr und mit schwachsinnigem Blick, Stunden später wie leblos in einem Vorraum gegen die Wand gelehnt, ohne Reue, gegenüber Fragen völlig unempfindlich.

Noch Stunden später (auf ihren Wegen durch die Stadt) hatte die Frau sehr seltsame Empfindungen. Sie dachte an die wahnsinnige Frau, dann wider Willen an ihre Söhne, die in ihrer Wohnung zurückgeblieben waren, die Tochter, die sie nicht hatte behalten wollen, die austauschbaren Körper der Männer, denen sie alles verdankte, die Geburten: drei Mal in drei Jahren an einem späten Märztag jeweils kurz nach Mittag. Manchmal blieb sie stehen und flüsterte, sagte Nein zu ihren Gedanken, den lästigen Bildern und Vorstellungen, die aufstiegen und wieder verschwanden, der unvermeidlichen Wiederkehr der Söhne. Sie hatte nur ein helles, einzelnes Bild, ohne erkennbare Bewegung, aber sehr klar, die beiden Kinder in ihrem Zimmer, hinten bei den Heizkörpern, als ob sie dort schliefen (es war kein Film), ganz matt und wie ergeben, in einem schattigen Winkel, ohne Laut. Das war das Bild. Sie waren beide am Leben. Erst wollte sie dem Bild nicht trauen, dann war da hin und wieder eine Regung, ein kaum merkliches Heben und Senken der Brust, das sie registrierte, ein Blinzeln, wie blöde, in tiefem Dämmer, als ob sie sich weigerten, wach zu werden. Das alles sah sie. Sie wollte die Bilder bannen, dann, als es ihr nicht gelang, wurde sie sehr zornig. Der eine Gedanke war: Ich muss da hin und mit eigenen Augen sehen, ob sie leben, doch der zweite, der schon bereit lag und an den sie vorläufig nicht heranreichte, war ein anderer, eigentlich kein Gedanke, ein dumpfer Impuls, wie ein Befehl, dem sie ohne jedes Zögern gehorchen würde, jetzt und hier.

Bis kurz vor der letzten Biegung der Straße war sie unschuldig. Sie verzögerte ihren Schritt, schloss die Augen, dann sah sie die Stadt: eine Ansammlung lang gestreckter Bauten, ineinander verkeilter Blöcke mit verkommenen Höfen, durch die das ganze Jahr kleinere Stürme zogen, wandernde Wirbel aus Staub und Schmutz, aus allem, was leicht und trocken und nutzlos war, der Tanz der bedeutungslosen Dinge. Sie dachte: Ja, hier und jetzt, und wenn ich den Verstand darüber verliere, hier und jetzt. Darauf hörte sie ein großes Dröhnen, das vom Lärm der Straße kam, ihrer plötzlichen Empfindlichkeit, durch die sich alle Geräusche vervielfachten, wie bei einem Beben, dem Zusammenbruch großer Gesteinsmassen über oder unterhalb der Erdoberfläche, ein nicht enden wollendes Getöse aus bösen Gedanken, den Fragen, die blieben oder entstanden: der moralische Kollaps. Ich habe keine Waffe, dachte sie und begann sogleich zu suchen, zwischen den Schienen der Straßenbahn, in den verdorrten Grünanlagen, den Höfen. Das, was sie fand, verwarf sie, sie fand nur immer das Falsche: einen großen Stein zum Erschlagen, einen spitzen Gegenstand aus Plastik, einen zerbrochenen Flaschenhals, ein Kabel, eine Schnur zum Erwürgen, ihre bloßen Hände, mit denen sie alles anfasste und wendete, vom Boden aufhob, prüfte, manchmal durch die Lippen zog, um es zu säubern, wie eine Irre, aber auch klug in ihrem Irrsinn, immer auf der Hut und lauernd, ob auch niemand sie beobachtete.

Erst nach einer Weile hielt sie inne und schüttelte den Kopf über sich und den Wahn, der sie ergriffen hatte, stellte sich gerade hin und besann sich auf ihre Umgebung, erkannte, dass sie nicht weit von ihrer Wohnung war, in einem der benachbarten Höfe; es waren nur ein paar Schritte. Der dicke Albert fiel ihr ein, sein Versteck in einem der Durchgänge, hinter einem losen Stein in der Wand das winzige Lager, das er ihr vor Monaten gezeigt hatte; sie wusste nicht mehr, zu welchem Preis. Sie merkte, wie sie nunmehr alles ganz nüchtern berechnete. Vielleicht war das Versteck noch da, die Messer, die er dort aufbewahrte, ein Skalpell für die Tiere, seine blitzschnellen Operationen. Sie sah nach. Ja, das Versteck war noch da, das Messer (ein Stilett), das Skalpell. Sie überlegte, was für ihre Zwecke geeignet wäre, nahm das Stilett, sie hatte eine Waffe. Sie musste nur hingehen und sie gebrauchen, ein paar Schritte. Ein paar Minuten stand sie im Durchgang zum Hof, halb im Dunkel, später sehr lange drüben beim Sportplatz. Weiter kam sie nicht. Keine fünfzig Meter weit weg waren die Kinder, hinter einem der Fenster, verlassen, wie in diesem nächtlichen Bild, in der Wohnung, in der sie ein paar Jahre gelebt und geschlafen hatte, in ihrem anderen, vergangenen Leben. Sie versuchte zu horchen, lauschte auf Geräusche, die Stimmen ihrer Söhne. Es waren keine Stimmen zu hören. Das leise Gequengel, das da womöglich war und zu ihr nicht herüberreichte, verschluckt von einem aufkommenden Wind, dem regelmäßigen Schlagen ihres Herzens: die ewig quengelnden Stimmen.

So stand sie da. Auf einmal schlug ihr jemand von hinten auf die Schulter und erschreckte sie. Sie drehte sich blitzschnell um, als müsse sie sich verteidigen, machte mit dem Messer eine drohende Bewegung, dann sah sie, wer es war: ihre beste Freundin, die sie musterte, mit fremdem, argwöhnischem Blick, sie und das Messer, dass sie es so hielt, wie eine Waffe, die sie vor kurzem benutzt hatte oder zu benutzen beabsichtigte, jetzt oder in ein paar Stunden, wenn der Plan reif war und niemand sie ertappte, ihre Pläne im letzten Moment durchkreuzte. Die Freundin fragte: Alles in Ordnung? Bist du es? Conny, alles in Ordnung? Dann, weil es ja nicht sein konnte, begann sie zu lachen, lachte über das Messer, ihre dummen Gedanken, der lange Schatten des Verdachts. Sie nahm die Freundin in den Arm. He,

Mensch, steck das Messer weg, was machst du? Ich muss dir etwas erzählen, aber in Ruhe, es ist wichtig. Hast du Zeit? Sie zog die Freundin mit sich fort. Halb im Gehen erkundigte sie sich nach den Kindern, sie habe sie und die Kinder seit Tagen nicht gesehen. Die Frau erschrak. Die Freundin sagte bedrohliche Sätze. Die Kinder würden in letzter Zeit viel schreien, vor allem nachts, man kann alles hören, deine Stimme bei geöffnetem Fenster, wenn du sie beruhigst und fragst: Was ist, was fehlt euch, so beruhigt euch, Tag und Nacht das Geschrei, wie kleine Irre. Ich beneide dich nicht, sagte die Freundin, du musst mal raus, sie kommen eine Weile ohne dich zurecht. Wieder fiel ihr Blick auf das Messer, das an einigen Stellen fleckig war, ein unschuldiges Werkzeug, frisch geschliffen. Die Frau sagte: Ja, alles in Ordnung, sag nichts, ich bring es zurück. Es gehört Albert. Vor dem dicken Albert hatte die Freundin Angst, ausgerechnet der Dicke. Er dürfe auf keinen Fall etwas erfahren, er bringt dich um, und mich gleich dazu, also mach schnell und dann komm.

Noch auf dem Weg zu ihrer Wohnung begann die Freundin mit ihren Geschichten. Sie hatte einen großen, etwas nach unten gezogenen Mund und redete viel dummes Zeug, unwahrscheinliche Abenteuer mit Männern und Frauen, ihre obszönen Einzelheiten, anatomische und statistische Überlegungen zu männlichen und weiblichen Geschlechtsteilen: eine Hohepriesterin der Fellatio und des Cunnilingus, die alle anderen Formen der Sexualität verachtete, eine selbsternannte Wissenschaftlerin des genitalen Kusses, die genaue Anweisungen zu Tempo und Abfolge zum Besten gab, fein ausgeklügelte Theorien des Saugens und Beißens, die Kunst der Verzögerung, auf die es ankam, all das. Die Idee des Blasens ist ja, dass du die Männer austrinkst. Dass du dir etwas holst, was sie dir freiwillig nicht geben. Blasen ist das falsche Wort. Es geht um die Illusion, dass dein Mund die Möse ist. Du musst sie in dich hineinsaugen, dieses Gefühl musst du ihnen besorgen, dass sie gar nicht mehr wissen: Mund oder Möse. Sie fragte: Habe ich dir schon von Tommy erzählt? Die Frau aber erwiderte: Das ist doch alles gar nicht wahr. Ich weiß es anders. Darauf die andere: Möchtest du etwas trinken? Wir haben Zeit. Erst jetzt sah die Freundin sie an, in der Küche vor dem Kühlschrank, wo sie beide standen; die Freundin hatte eine angebrochene Flasche Sekt. Sekt oder Selters? Na, Sekt, sagte die Frau und lachte, weil sie fürs Erste in Sicherheit war, auch weil sie wusste, nach ein, zwei Gläsern, wenn sie betrunken war, wurde alles immer sehr lustig.

Sie trank sehr schnell, fast gierig, wartete auf die Wirkung, der angenehme Schleier, der sich über die Dinge legte, machte hin und wieder einen Scherz, erzählte von Männern, die sie gekannt hatte, den ersten Schwanz, an den sie sich erinnerte, die Fälle, in denen Männer sich weigerten oder schlecht rochen; ihre Erfahrungen waren eher gemischt. Die beiden Freundinnen lachten über die Geschichten, die sie teilweise schon kannten, versuchten sich den Geschmack zu beschreiben, ob er immer gleich war, wovon der Geschmack abhing, wie Milch und Nüsse (sehr ungefähr), oder alte Seife, erfanden verschiedene Cocktails, die man einmal mischen müsste, trübe Essenzen, in denen alle Kraft war, der ganze Schrecken und das Geheimnis des Mannes. Die Frau erzählte von der Notiz, die sie gelesen hatte, las sie der Freundin vor, fragte, ob ihr etwas auffalle; der Freundin fiel nichts auf. Tommy ist übrigens ein ziemlicher Anfänger, sagte die Freundin, er tappt noch völlig im Dunkeln bei mir, als hätte er im Leben nie gehört, dass es gute und schlechte Stellen gibt, die Knöpfe, Schalter, die ein Mann bedienen muss, die allereinfachsten Tricks. Ich sage immer: Was glaubst du, was eine Frau ist: doch hoffentlich keine Maschine. Aber genau das ist sie, biegsam und zuverlässig, ein Apparat, mit dem man sich verdammt noch mal zu beschäftigen hat. Oder warum sind die meisten Männer so bequem und faul. Die Frau hörte ihr die ganze Zeit zu, dachte aber an etwas ganz anderes: Wenn du wüsstest. Wenn du wüsstest, was in meinem Kopf ist, welche Gedanken ich habe, in deinem Kopf ist nur Scheiße. Sie schaute die Freundin an, voller Verachtung, zugleich neidisch, dass die Freundin über das alles nicht hinwegkam, diese miese kleine Welt, in der sie zu Hause war, ihre berechenbaren Bewegungen auf engstem, vertrautem Raum.

Die Freundin holte eine zweite Flasche, nun begann sie mit dem Verhör, fragte die Frau nach ihrem Liebhaber, den Kindern, verschiedenen Freunden und Bekannten, von denen im Laufe des Nachmittags einige vorbeikamen, eine Frau mit Kind, das noch gestillt wurde, zwei, drei Mädchen, die sie nicht kannte; sie brachten alle Sekt. Sie redeten abwechselnd von Kindern und Männern, die sie hatten, von der großen Hitze, die seit Tagen herrschte, ihren neuen Kleidern, Lippenstiften, CDs, die sie gekauft hatten oder zu kaufen beabsichtigten, solche Sachen. Ein junges Ding, das vielleicht schwanger war, redete die Frau an, fragte nach ihren Erfahrungen, wie das war: Ein Leben mit Kind, was das für ein Leben sei, was da bleibe, ob etwas bleibt. Es war in dem Zimmer unangenehm schwül und stickig, deshalb erzählte die Frau von einer Fahrt mit dem Zug, vor Jahren mitten im Sommer, in einem völlig überfüllten Abteil, wo aus irgendwelchen Gründen die Heizung lief, mitten im Sommer. Überall auf den Gängen standen Leute, alle stöhnten, schimpften, rissen die Fenster auf. In ihrem Abteil war es besonders schlimm, das Fenster klemmte, die Heizung ließ sich nicht abstellen, eine schreckliche Fahrt. Das ist das Leben mit Kindern, sagte die Frau. Eines Tages willst du sie umbringen. Alle wollen sie eines Tages umbringen. Alles andere sind Lügen. So weißt du, wie es ist. Das ist die Wahrheit. Das Mädchen sah sie ungläubig an, erschrocken von der Hässlichkeit ihrer Worte, des Lebens, das sie mit diesen Worten entwarf. Die Frau lachte; sie lachte das Mädchen aus. Bist du aus Polen? Ja, aus Polen stammte es. Das Mädchen war noch sehr dumm, keine zwanzig, lud die Frau zu sich ein, wollte zeigen, wer ihr Freund war, der Freund hatte irgendeinen komplizierten Namen und war völlig ahnungslos.

Am späten Nachmittag war die Frau die Erste, die sich verabschiedete. Ihre Freundin hatte sie eingeladen, am Wochenende zum Tanzen, oder vorher in der Wohnung zum Anwärmen mit ein paar Mädchen. Die Frau wollte darüber nachdenken. Wieder draußen im Hof, erschienen ihr die zurückliegenden Stunden unwirklich und wie vergeudet, eine Verschleierung ihrer Absicht. Wie aus großer Ferne dachte sie an den Tag, da sie ihre Wohnung verlassen hatte, die Kinder, die dort hausten und lebendig waren, mit ihren hellen klaren Stimmchen. Sie bedachte den Plan, den sie gehabt hatte, die Bewaffnung. Als wäre dort ein Geheimnis, das sie um jeden Preis enthüllen musste, zog es sie über den Hof zu ihrer Wohnung. Sie schlich nach drinnen in den Aufgang, nahm ohne das leiseste Geräusch die Treppen, stand dann lange vor der Tür; hinter der Tür war es ganz still. Kein Laut. Nur das leise Brummen der Maschinen, das Summen des Lichts, der nicht enden wollenden Hitze, die tote Stunde. Waren die Kinder überhaupt da? Sie legte ihr Ohr an die Tür, erschrak über ein Geräusch in der Nachbarwohnung, war schon auf dem Sprung, lauschte wieder, versuchte zu entziffern, was da war, die unzähligen Geräusche der Stille, wie im

Weltall oder tief unten im Ozean, mit all den trägen schwerelosen Bewegungen des Rausches, der unendlichen Weiten.

Sie suchte nach ihrem Schlüssel und fand ihn nicht. Am Morgen in der Wohnung des Liebhabers war er noch da gewesen, auf der Kommode im Flur, wo er wahrscheinlich noch immer lag. Die Mutter fiel ihr ein, die Mutter hatte einen Zweitschlüssel. Sie musste nur die Treppe hinunter und eine andere wieder hinauf, sie fragen, gehen, zurück zu Alberts Versteck, zurück in die Wohnung, denn nun war sie zurück und wusste wie im Traum die Sätze: Was macht ihr, schaut, was ich euch mitgebracht habe, ein großes Messer zum Schneiden. Sie wusste, dass sie das wahrscheinlich nicht könnte. Man müsste erst den Schlaf abwarten, schauen, ob sie gerade schliefen, in dieser Hitze ging das ganz schnell. Sie dachte: Erst der Große. Bei dem Großen wäre es schwerer, vielleicht wehrte er sich schon und warnte den Bruder, wusste mit seinen vier Jahren, wie man einem Anschlag entging. Sie sah ihn um den Tisch laufen, wie bei einem Spiel, ein langes lustiges Spiel, dann wieder lag er wie betäubt am Boden und war vor ihr geschützt. Auch darüber würde sie hinwegkommen müssen. Damit es doch möglich würde. Es war ihr bestimmt nicht möglich. Schon sprang sie in Gedanken von den Kindern weg, war auf der Flucht, nach gelungener Tat mit einem Wagen, den sie sich lieh oder raubte, über die Straßen, in eine weit entfernte Stadt. Ein paar Tage schlief sie in Motels, ließ sich die Haare färben, war hektisch und abgehärmt, als bloße Erscheinung verdächtig, ein Flittchen, das ohne einen Mann nicht zurechtkam, wie in einem Film, wie in diesen Filmen dachte sie sich das, die Verhaftung am frühen Morgen, wenn sie gar nicht damit rechnete, das erste Verhör. Alles wie im Film. Sie hörte eine Stimme, sehr fern, wie am Ende eines Tunnels, einer langen Flucht aus Türen, die alle verschlossen waren, fast unhörbar. Es war die Stimme des Jüngsten. Er jammerte. Wie immer jammerte er. Sie dachte: Wie ein junger Hund auf der Straße, wenn jemand ihn tritt, oder die Katzen im Sommer, dieses nervige Gejaule, wenn sie ficken, bei offenem Fenster, wenn es gerade dunkel wird. So klang es.

Irgendwann war sie fort. Sie küsste die Tür, küsste sie ein zweites Mal, erst dann wandte sich ab. Sie würde sie verschonen. Sie würde nicht fliehen; sie würde warten. Sie würde einfach bleiben, wo sie war, mehr oder weniger bewegungslos, auf ihrer Unschuld beharrend, in der nicht unbegründeten Hoffnung, dass man auf sie nicht kam. Irgendwo im Treppenhaus ging eine Tür, deshalb musste sie warten, dann war sie fort, zurück im Licht des frühen Abends, erleichtert, wiederum fast ruhig. Sie dachte an den Mund ihrer Freundin und verglich ihn mit ihrem eigenen, der voll und kräftig war, weniger verdorben. Sie wusste nicht warum, aber ihren Mund liebte sie, er war der gute Ort, zweideutig und zugewandt, der Schlüssel zu ihrem besseren Selbst. Sie ging zu dem Durchgang, in dem das Versteck Alberts war, die beiden Waffen, deren Gebrauch sie kurz erwogen hatte, hinter dem losen Stein. Sie nahm den Stein weg, holte die Seite mit der Notiz über die verrückte Mörderin, faltete und viertelte sie, legte sie zu den beiden Messern, küsste die beiden Messer und auch das Papier, das sie ihm hinterließ als Zeichen ihrer Klugheit, der unumstößlichen Gültigkeit ihrer Entschlüsse.

In einem der benachbarten Höfe sah man sie später auf einer der Schaukeln, wie sie etwas flüsterte und beim Flüstern zählte oder benannte, die Dinge, die sie seit Jahren kannte, die Winkel, Perspektiven, die Vermessung der Heimat, des ein für alle Mal zugewiesenen Raums. Sie sagte sich auf, was da war: die Schaukel, die Wippe, der Sand, die beschrifteten Durchgänge, die Parolen auf den Fassaden, offene Fenster, die Stimmen aus diesen Fenstern, die Geräusche des Abends, stille Balkone, die Sträucher, der fliegende Müll und der Wind, der leise Hauch eines Windes: ihre Heimat. Einmal summte sie ein Lied, wie ein vergessenes Kind, lange bevor es merkt, dass es vergessen ist, ein verwahrlostes Kind, das sich selbst die Hände küsst, ein dummes nichtswürdiges Kind. Sie trug eine verwaschene Jeans, auf der mit schwarzem Filzstift ein paar Namen geschrieben waren, verschiedene Daten und Zeichen, die sie an etwas erinnerten, ein Konzert, eine Feindschaft, den ersten Jungen, der sie eines Tages im Winter mit seinem Mund berührte, die wenigen überlieferten Fakten, Stationen eines verschwommenen Lebens. Später entdeckte sie den Dicken, wie er mit ein paar Typen in einem der Durchgänge neue Botschaften an die Wände sprühte, es war aber nicht der Durchgang mit dem Versteck. Sie duckte sich weg, weil sie nicht wollte, dass er sie entdeckte, blieb aber, wo sie war, noch immer schaukelnd, mit sehr wenigen, gelegentlichen Schwüngen, die man kaum merkte, immer kurz bevor alles stillstand.

Die neue Botschaft war nicht leicht zu entdecken, in einer Lücke zwischen all den Zeichen, Bildern, schwer zu entziffernden Namenskürzeln, stand sie geschrieben, mit blauer krakeliger Schrift und Datum: Conny ist eine Fotze, daneben die Nummer ihres Aufgangs, ein Datum aus dem vergangenen April. Sie las das böse Wort, ihren Namen, mit dem es verknüpft war, und spürte einen leisen Stich, wie eine Verletzung, konnte sich nicht vorstellen, dass es wirklich der Dicke war, befühlte vorsichtig die Schrift. Die Schrift war ganz trocken. Plötzlich kam sie ihr wie ein Trost vor, ein Beweis ihrer Zugehörigkeit: dass sie eine von ihnen war, Gegenstand einer Begierde, eines verqueren Hasses, der sie ausstellte und zugleich einschloss, ein sichtbares Zeichen, dass es sie überhaupt gab. Auch was Albert geschrieben hatte, fand sie, in einer silbrigen Schrift in großen Lettern das Wort HASS, schwer lesbar. Wenn man nicht richtig hinsah, konnte es ebenso gut HAUS heißen oder HANS, ein lächerlicher Name, den er sich gab, wenn er den verschlissenen Orten seinen Stempel aufdrückte, irgendetwas in der Art. Das war die Gegend, aus der sie stammte, die Formen, in denen sie miteinander verkehrten, die Aufmerksamkeit, die sie sich schenkten, diese fein modellierten Zärtlichkeiten. Die Frau, die am Morgen die Notiz mit ihrem Namen gelesen hatte, ging nach Haus. Im Grunde waren ihre Pläne nicht der Rede wert. Sie rechnete jeden Abend ab, als wäre es für immer, dann wachte sie auf und lebte, als wäre sie jeweils eine andere. Sie befand sich noch immer im Stadium der Erprobung. Sonntag, der vierte Abend und eine Nacht, die ihr noch bevorstand. Obwohl es sehr heiß war, wollte sie sich heute nicht waschen. Ihr Liebhaber, als er kam, sah ihr lange auf den Mund. Sie hätte nicht gewollt, dass es der Mund ihrer Freundin gewesen wäre. Sie hatte so ein Gefühl, das ihr sagte, wie dumm er eigentlich war. Sie hätte ihm gern gesagt, was sie für möglich hielt. Sie zählte die Tage und kam auf eine Zahl, die sie nicht weiter kümmerte. Er war doch zu dumm. Alles in allem hatte er nicht die geringste Ahnung, was sie sich alles zutraute.

6

◊ MONTAG ◊ In einem Hotelzimmer in der Stadt F. saß an einem Nachmittag im Juni eine Frau und wartete auf ihren Liebhaber. Sie war noch nie zuvor in einem Hotel gewesen, hatte kaum Geld und wusste, es war seit langem eine fixe Idee von ihm, meinte auch zu wissen, was ihm daran gefiel: er und sie in einem schäbigen Zimmer, beinahe wie Fremde, ein jeder ganz anders, als er sonst war, für ein paar Stunden mit einem anderen Blick. Schon am Vorabend hatte er ihr von seinem Plan erzählt, warum nicht morgen, morgen Abend will ich dich in einem Hotel. Du bist verrückt, hatte sie erwidert, zu müde und zu faul, ihm zu widersprechen, auch geschmeichelt, dass er das alles tat und auf falschen Namen ein Zimmer bestellte, für eine Nacht in einem Hotel in der Nähe. Der Mann hatte außerdem gesagt: Ich habe eine Überraschung für dich. Welche Überraschung, hatte sie gefragt und ihn mit irgendwelchen Sachen beworfen, wie ein übermütiges Kind, das sie jedoch nur spielte, ihre Erwartung, die fürs Erste nicht sehr groß war, ein leiser Kitzel der Neugier, nicht mehr; damit war der Mann schon zufrieden. Du wirst es sehen, war seine Antwort, weil er sie kannte und wusste, dass sie das mochte, wenn er sie von Zeit zu Zeit mit seinen Verrücktheiten überraschte, am helllichten Tag in seiner Werkstatt, wenn er sie eine Weile gegen einen Wagen lehnte und danach gleich wegschickte, als wäre sie eine Gelegenheit, etwas, das man sich nahm, aber nicht wirklich brauchte, eine glückliche Wendung, die man sich zunutze machte, beschäftigt mit diesem und jenem, wie nebenbei.

Noch am Morgen, als er ihr einschärfte, ihn nur ja zur genannten Stunde in dem bestellten Zimmer zu erwarten, wollte sie seinen Plänen nicht trauen. Sie war auf einmal fahrig, sprang ihm ein paar Mal an den Hals, tat, als wolle sie nicht, dass er ging, ließ ihn endlich gehen und sagte ihm, sie sei sehr gespannt, auch nervös, weil sie gar nicht wisse, was sie erwarte, was habe er bloß vor. Wart ab, hatte der Mann gesagt. Wirst du da sein? Und ihre Antwort war gewesen: Aber ja, für eine Nacht, wie immer, das geht. Gleich nachdem er fort war, begann sie zu packen, fand eine zerknitterte Reisetasche, nahm ein bisschen Wäsche zum Wechseln, die Schminksachen, zwei Zahnbürsten, ein Honigschaumbad (falls sie dort badeten), eine Zeitschrift mit der neuen Sommerdiät (sie war nicht dick); keinen Alkohol. Lange vor der verabredeten Stunde traf sie ein. Sie nannte den falschen Namen und gab an, der Mann, der das Zimmer bestellt habe, komme erst am Abend und habe wahrscheinlich kein Gepäck. Frühstück von sieben bis zehn, sagte die Frau an der Rezeption, und dass da jemand etwas für sie abgegeben habe: ein Päckchen. Für mich?, fragte sie. Ja, ein Mann, sagte die Frau und gab ihr einen großen Umschlag, auf dem tatsächlich ihr Name geschrieben stand, mit einer fremden ungelenken Schrift, die da aus rätselhaften Gründen ihren Namen wusste und sie verlegen machte; als handele es sich um irgendwelche Obszönitäten. Für mich, ein Päckchen, sagte die Frau verwundert und lief über die Treppen hinauf in das Zimmer, warf die Tasche aufs Bett, öffnete ungeduldig den Umschlag, in dem ein paar eingepackte Sachen waren, dazu ein kurzer Brief, den ihr Liebhaber geschrieben hatte (sie war wirklich überrascht), es waren nur ein paar Sätze: Hier in diesem Zimmer, du kleines Miststück, mach dich auf etwas gefasst. Es ist ein Spiel, dachte sie, war sich nicht sicher, ob er wirklich spielte, dieser Ton, der ihr ungehörig vorkam, als seien es die Worte eines Fremden, einer Bekanntschaft auf der Straße, die da unbegreiflicherweise zu diesem Zimmer geführt hatte, der unausweichlichen Nacht in diesen Zimmern, als wäre sie gar nicht sicher, ob er es war.

Sie legte den Brief neben sich aufs Bett und packte die Geschenke aus. Sie wusste keine Reihenfolge und nahm, was gerade kam, sie fand sehr seltsame Dinge: eine schwarze Maske, einen Packen Bilder mit Großaufnahmen männlicher und weiblicher Geschlechtsteile, verschiedene Öle und Federn, einen riesigen Schwanz aus Plastik, eine Tube Gleitcreme, ein Päckchen farbige Kondome mit Fruchtgeschmack, ein Buch mit Abbildungen verschiedener Stellungen beim Geschlechtsakt. Im ersten Moment fühlte sie sich unbehaglich, wusste nicht, was sie denken sollte, war aber auch stolz, wie nach einer Auszeichnung, mit einem Gefühl der Rührung, dass er sich das alles traute und zu jedem Geschenk eine Notiz geschrieben hatte, seine Phantasien, kleine Skizzen, wie er sich alles dachte. Sie schaute sich an, was er ihr geschickt hatte, nahm die Geschenke nacheinander in die Hand, prüfte Form und Festigkeit, wie sie rochen, überließ sich den fremden Bildern, die sie teilweise erregten, probierte die Maske. Danach blieb sie lange sitzen, still, wie gefangen, fast, als wüsste sie nicht, wo sie sich befand, und als ob sie eben deshalb ein für alle Mal begriffe, was genau ein Raum war, erfüllt mit allen anderen denkbaren Räumen und zugleich leer und öde, vielstimmig und auf unerträgliche Weise einzig. Das Zimmer hatte keine Spiegel, nur das Bett war da, ein Schrank, ein Stuhl, ein paar Bilder mit südlichen Landschaften, an der Wand eine gestreifte Tapete. Sie schlüpfte aus den Schuhen, zog das Kleid aus und danach die Wäsche, legte sich aufs Bett, deckte sich aber nicht zu. Sie versuchte, zu spüren, was sie eigentlich erwartete, ob es etwas Sexuelles war oder mehr die Sätze, die er sagen würde, um die Bedeutung all dieser Dinge zu erklären, ihren Gebrauch; das eine oder andere kannte sie schon, es war ihr nicht alles fremd.

Sie dachte an den Anfang mit diesem Mann und wie sie ihn sofort und ohne langes Nachdenken gewollt hatte, Mitte Dezember in einem dunklen Hauseingang, in dem es sehr kalt war, alles auf eine schnelle, gedankenlose Art. Sie beschwor andere Orte und Begebenheiten herauf, Situationen, in denen er sie überrumpelt hatte, meist kleine Vorfälle, bei denen verschiedene Dinge eine Rolle spielten, Manipulationen ihres Körpers, mit denen sie nicht rechnete, die Erprobung von Gegenständen, deren Beschaffenheit sie bei geschlossenen Augen (immer bei geschlossenen Augen) nicht leicht erriet. Ganz am Anfang, in den ersten Wochen noch, hatte er einmal gesagt: Was würde wohl dein Vater sagen, jetzt, wenn er dich so sähe. Da war sie sehr wütend geworden, hatte aber nicht erklärt, warum. Der Vater sei ein böser Mensch. Warum, hatte er gefragt. Sie konnte ihm nicht sagen, warum. Sie sagte, er solle froh sein, dass sie nicht denke, alle Männer seien wie er, der Vater. Das hatte der Liebhaber nicht verstanden. Red kein dummes Zeug, hatte er gesagt, du bist seine Tochter, so schlimm wird er nicht sein. Noch einmal war sie laut geworden. Du hast ja keine Ahnung, hatte sie geschrien, und da war auch er laut geworden und hatte gedroht, so dürfe sie mit ihm nicht reden, was sie denn glaube, wer sie sei; mit ihm nicht. Ja ja, du Schwein, hatte sie gedacht, aber nichts gesagt; denn wer sie war, wusste sie selbst nicht, es wussten immer nur andere, oder sie taten so, hatten eine Meinung und schrieben sie auf alle mögliche Arten in sie hinein.

Der Mann hatte nicht gesagt, wann genau er kommen wollte, aber am späten Nachmittag fand sie es an der Zeit, sich vorzubereiten. Sie hatte kurz geschlafen, schreckte auf und war verklebt und benommen. Es dauerte lange, bis sie richtig wach war. Sie zog die Vorhänge auf und entdeckte einen kleinen Balkon, der zur Hofseite zeigte, man sah ein paar Garagen und hinter den Garagen Häuser mit Fenstern, Dächer, Schornsteine, einen wolkenlosen Himmel, nur Bekanntes. Vom Schlafen hatte sie Lust auf Schokolade, auch Durst, fand aber nichts zu trinken. Sie ging nach nebenan in die Dusche und trank sehr lange von dem Wasser, das aus der Dusche kam, nahm zu viel von der flüssigen Seife und wusch sich mit bloßen Händen den Körper, als wolle sie alle Gerüche ein für alle Mal vertreiben, bis auf den einen (dem Mann zuliebe), ihren eigenen. Sie trocknete sich ab, ließ sich aber noch immer Zeit, irgendwo klingelte ein Telefon. Lange glaubte sie nicht an dieses Klingeln, sah das Telefon neben dem Bett und glaubte es nicht, nahm ab: Es war der Mann, auf den sie wartete. Ob sie schon da sei? Ja, sie sei da. Ich habe deine Geschenke, hier auf meinem Bett, wann kommst du? Darauf er: Ja, bald. Sie sagte: Bald? Es sei ihm etwas dazwischengekommen, ein Auftrag in letzter Minute, frühestens in zwei Stunden. Das ist lang, sagte sie. Dann musst du warten, sagte er. Du hast mich ein bisschen erschreckt, sagte sie. Darauf sagte der Mann, die eigentliche Überraschung komme noch, sie werde ja sehen.

Danach war ihre Vorfreude gedämpft; sie fühlte sich ernüchtert, im Grunde betrogen. Sie nahm die Dinge, die er ihr geschickt hatte, und steckte sie zurück in den Umschlag, dann zog sie sich an, mit ein paar lange eingeübten Bewegungen, fönte schnell das Haar und schminkte sich; sie versuchte, es leicht zu nehmen. Sie hatte noch immer Durst, wollte aber kein Wasser und fuhr mit dem Lift nach unten in die Hotelbar. Ein älterer Mann war da und bestellte einen Drink, sie bestellte auch einen; sie waren die einzigen Gäste. Erst schwiegen beide, dann fand der Mann, er sollte das Schweigen brechen. Sie nahm nur wahr, er hatte überall rote Flecken im Gesicht, ein Mann um die fünfzig, das Haar schon schütter; einen Anfang wusste er. Sie sehe aus, als warte sie. Ja, sie treffe einen Mann, ganz bald, in ein, zwei Stunden, vom Warten bekomme sie immer schlechte Laune. Sie klang fast fröhlich, als sie das sagte, und er fand, sie habe allen Grund, fröhlich zu sein, ohne genaue Absicht, wie ihr schien, nicht, als wolle er sie bei etwas ertappen, nur, weil sie da nun einmal gemeinsam saßen und nicht wussten, wie sie das Warten auf die Dauer fänden. Sie merkte, sie trank zu schnell. Auch der Mann trank schnell, sah sie kaum an, er begann zu reden. Von seinem Kind redete er, ein Junge von bald achtzehn Jahren, leider behindert, arbeitet in einer Werkstätte von morgens bis abends, alle paar Wochen komme er ihn besuchen. Wie grässlich, sagte sie, und darauf er: Ja, so klinge das, es sei aber nicht wahr. Ob sie Kinder habe? Oh nein, um Himmels willen, Kinder, sagte sie, ihr Freund wolle sehr gern, doch sie wisse es besser, das sei nichts für sie und ihn, noch nicht. Sie haben ja Zeit, in Ihrem Alter, sagte der Mann und fragte nach ihrem Alter, das wollte sie ihm nicht sagen. Halb so alt wie er, schätzte sie und fand Gefallen an ihren Lügen, sie sagte: Ende zwanzig.

Sie versuchte sich vorzustellen, wie das wäre, wenn sie Ende zwanzig wäre, eine wie die, die sie gerade erfand, ein Leben ohne Kinder, wie das wäre. Sie sagte: Ich kann es mir nicht vorstellen, und darauf der Mann (weil er sie missverstand): Man kann es sich nicht vorstellen, auf jeden Fall ist es anders, alles wird sehr anders, man gewöhnt sich. Er bestellte einen Whisky Soda, fragte, ob er sie einladen dürfe, das Warten falle dann leichter. Sie hatte nichts dagegen. Wieder dachte sie an den Liebhaber und wie das für sie wäre, wenn er nicht käme. Er würde kommen, ganz gewiss. Oben in dem bestellten Zimmer würde sie etwas zu diesen Dingen sagen müssen, aber unten in dieser Hotelbar wären ihre Sätze ganz andere. Hier, in dieser Hotelbar, würde sie sagen: Lass uns weggehen, noch können wir es, jetzt, in diesem Augenblick könnte ich es, denn ich will fort, die Liebe hat Zeit. Oben im Zimmer würde er wahrscheinlich über sie herfallen, oder sie würde sagen: Diese Dinge, ich weiß nicht, mach, was du willst, ich mach die Augen zu, fang an. Vielleicht würde sie ihn fragen, ob er ihr wehtun musste, und was er wünschte, dass sie mit ihm täte, und erst sehr viel später, wenn alles vorbei wäre (hoffentlich), würde sie sagen, was sie hier unten an dieser Bar sofort sagen könnte: Wir könnten weggehen, wenn du willst. Man wird die Erinnerungen nicht los, doch sie schauen einen anders an, wenn man sich erst mal traut, wie eine Landschaft im Rückspiegel, die nach hinten wegzieht, so ähnlich.

Sie war ein bisschen betrunken nach dem zweiten Glas. Ich glaube, jetzt kommt er bald, ich muss gehen, sagte sie und wusste auf einmal, wie das für ihn wäre, wenn er sie so sähe, an der Bar mit einem fremden Mann. Verspätet und ein bisschen außer Atem stellte sie sich ihn vor, wie er an ihr vorbeistürzte, sie gar nicht wahrnahm, dann plötzlich auf der Treppe bemerkte, dass er sie schon gesehen hatte, drüben an der Hotelbar, wie war das möglich, sie und der Fremde: als habe sie ihn verraten. Danke, sagte sie, und der Mann, weil er erkannte, sie war ein bisschen betrunken: Ob er sie nach oben bringen solle? Das lehnte sie ab. Sie wollte alleine. Aber dann blieb sie. Sie wollte die ganze Zeit gehen, doch sie blieb, in einer Art Trotz gegen den Mann, weil er so lange nicht gekommen war, auf einmal sehr träge, wie erschlafft, als käme es nicht darauf an. Sie bestellte Kaffee. Der Mann mit dem behinderten Sohn wollte nichts mehr sagen. Nur einmal sagte er: Ja, da, das ist er. Ist das der Mann, auf den Sie warten? Darauf drehte sich die Frau erschrocken um und erkannte, es war tatsächlich der Mann, auf den sie gewartet hatte. Fast rannte er, stürzte an ihr vorbei, stutzte, entdeckte sie an der Bar neben dem fremden Mann: alles genau so, wie sie es sich gedacht hatte. Sie versuchte zu erraten, was nun in ihm vorging, welche Antwort er sich zurechtlegte, welche Frage, aber es war ihm nichts anzusehen, wie er da stand und gar nicht richtig zu ihr hin ging, mitten in der Hotelhalle, ein paar Meter von ihr entfernt, wie eine Bekanntschaft von der Straße, die sich plötzlich getäuscht sieht und nicht glaubt, dass eine Täuschung überhaupt möglich ist.

Sie gingen ohne ein Wort nach oben. Er ließ sich zeigen, wo das Zimmer war, verriegelte die Tür und nahm sie zum ersten Mal wahr. Puh, was für ein Tag, sagte er. Ich habe die ganze Zeit an dich gedacht. Dann schlug er zu, mit der flachen Hand drei oder vier Mal mitten ins Gesicht, mit der präzisen Wucht eines Traums, alles ohne genauen Sinn, aber sehr klar und deutlich, als wäre es wirklich wahr, begleitet von irgendwelchen Stimmen, die sie mit etwas quälten oder liebkosten, irgendwelche Stimmen aus ihr selbst. Sie dachte: Das war das. Jetzt gleich sagt er etwas zu den Geschenken, den Bildern, Apparaten. Dabei schloss sie die Augen, weil sie noch wartete, in der Erwartung neuer Schläge, die aber nicht kamen. Was ist, fragte er. Ist was? Passt dir was nicht? Nein, nichts, sagte sie, alles okay, es tut mir Leid, es war so lange, da hatte ich auf einmal Gedanken, den ganzen Tag schon. Er fragte, welche Gedanken. Er werde ihr die Gedanken schon austreiben, denn dafür sei er schließlich gekommen, oder was glaubst du. Ja, sagte sie und dachte: Nein, diese Gedanken meine ich nicht. Sehr zerstreut und wie schlafend wandte sie sich ihm zu. Noch einmal sagte er: Was ist? Du bist so zerstreut.

Stell dich nicht so an. Er wollte, dass sie sich auszog. Die Frau zog sich aus. Er zeigte ihr ein paar von den Bildern, vier, fünf, die ihm besonders gefielen, dann sollte sie sagen, was sie gerne hätte, eines der Geschenke wollte er ausprobieren, sie sollte wählen, entscheiden, welches ihr gefiel oder geeignet war, das wollte er wissen. Sie nannte ein Ding, irgendeins, das ihr gerade einfiel und das sie nun verwenden würden, es war ihr völlig egal. Sie fasste den Mann an, an zwei oder drei Stellen, die sie sich gemerkt hatte, sah sich und ihm zu, wartete auf eine Regung, ein Zeichen, sehr lang, beinahe bis zuletzt; aber sie war ganz lau und stumpf, beobachtete nur immer den Mann, wie er das eine oder andere versuchte, kleine Variationen, die sie nicht kannte, eine plötzliche Wendung, irgendeine Abweichung.

Fast alles, was kommen würde, glaubte sie zu wissen. Er sagte immer: Jetzt. Oder: Jetzt noch nicht, noch lange nicht. Warte, du Miststück, du wirst dich wundern. Ich spritz dich voll, bis du überläufst. Anfangs hatte sie sich an solchen Sätzen gestört, inzwischen hörte sie kaum noch hin und ließ es über sich ergehen, auch dass er immer alles besprach und benannte, Teile von Körpern, bestimmte Gesten, Bewegungen, verdorbene Gedanken, Wünsche, die banal und unaussprechlich waren, dieses gottverdammte Gequatsche. Auch jetzt hörte die Frau in der Ferne die Sätze, spürte zugleich eine Wut, die neu an ihm war, irgendeine Forderung, auf der er beharrte und die sie ihm verweigerte. Der

Mann gab ihr Befehle, veränderte Winkel und Konstellationen, so, als müsse er sie erst noch finden, in irgendwelchen Verstecken, die schwer zugänglich waren, weit hinter den üblichen Routinen des Ficks, als wäre sie gar nicht da. Die Frau merkte, dass ihn das immer wütender machte, darauf begann auch sie zu reden, verwendete Worte und Begriffe, die sie von ihm gelernt hatte, gab seiner Wut ein Ziel, versuchte die ganze Zeit zu spüren, ob da etwas war, das sie erreichte, ein Echo, eine Farbe, ein Klang, nach dem sie sich sehnte, doch es waren nur Momente, wie Lichter, über die sogleich ein Schatten hinwegzog, alles sehr schal und flüchtig.

Als er sich von ihr zurückzog, blieb sie mit geschlossenen Augen liegen, wie träumend und zugleich wütend, dass es ihr nicht gekommen war. Wie immer blieb ein flirrend unangenehmes Gefühl, nicht wirklich in ihrem Körper, aber doch in der Nähe, in einer Art Kammer, irgendwo zwischen Körper und Seele; als wäre da ein Raum, in dem sich ihre unbefriedigten Lüste sammelten. Sie hörte ihn etwas sagen und lachen, weil sie auf Anhieb nicht verstand, was er meinte: Eine Strafe, die sie verdient hatte, eine gerechte Strafe. Und dann auf einmal ganz nah und laut, wie er sie anfuhr: He, du Sau, es ist alles voll, du blutest ja, mein Gott, was für eine Sauerei. Sie hörte, wie er aufstand und gleich wegging, noch immer mit geschlossenen Augen, das Geräusch von laufendem Wasser, wie er sich wusch, über dem Waschbecken den besudelten Schwanz, mit bloßen

Händen, fluchend, zwei, drei Mal, als wäre es ihm ganz neu. Als er zurückkam, lachte er. Er ließ sich die Flecken zeigen, rostig rote Stellen, die noch nicht ganz trocken waren, mitten auf dem Laken, der Geruch ihrer blutenden Fotze. Er schaute auf sie herab, wie sie da lag, begann sie zu loben, ihre hinhaltende Art, von der er sagte, dass sie ihm neu sei. Er sagte: Ziemlich geil. Er hatte keine Worte dafür. Das war seltsam, sagte er, so kenne ich dich nicht, geil war es auf jeden Fall, und darauf sie: Ich weiß. Ich war nicht ganz da. Ich kenne mich selbst nicht. Dabei dachte sie: Das nächste Mal schlage ich zurück. Mitten ins Gesicht schlage ich dir. Dann stand sie auf und ging zum Balkon, wollte ihm zeigen, was man dort sah, als wäre dort das Meer, irgendetwas, das der Rede wert war. Sie sagte, sie habe Hunger. Der Mann wollte, dass sie noch einmal zurück ins Bett käme, da nannte sie ihn einen Idioten. Du bist wirklich ein Idiot, sagte sie, und darauf der Mann: Na gut, aber wir gehen nicht weg, wir bleiben im Hotel, wir sind noch nicht fertig. Unten im Restaurant trafen sie den Mann von der Bar, er schien zu nicken, doch sie tat, als habe sie ihn noch nie gesehen. Sie aß mit großem Appetit, bestellte eine kalte Suppe, danach einen gemischten Grillteller, den sie bis auf einen kleinen Rest zu Ende bekam; den Rest gab sie dem Mann. Sie dachte an das Zimmer und was sie dort getan hatten, dieses Gefühl, das sich nach einer Weile einstellte, als bekäme sie jedes Mal eine andere Form, als gieße sie jemand um, wie das Blei an Silvester, die komischen Figuren, die man am besten gleich wieder einschmolz, als könnte noch etwas draus werden, immer und immer wieder.

Am nächsten Morgen beim Frühstück saßen sie ein bisschen versetzt, wie befremdet, im Besitz der vergangenen Stunden, die sie gestohlen hatten und von denen keiner wusste, was sie bedeuteten. Anders als am Abend wollte sie jetzt nicht essen, sah, dass der Mann sehr hungrig war und zwei große Teller mit Rührei holte, dann einen rötlichen Fisch mit weißer Creme und allerlei kaltes Fleisch; kein Brot. Sie stocherte in einer Schüssel mit Obstsalat, mochte die Erdbeeren nicht, holte eine zweite Schüssel für das, was sie nicht mochte, kam mit ihrem Essen nicht voran. Sie ließ die Bilder der vergangenen Nacht an sich vorüberziehen. Plötzlich sagte der Mann: Ach herrje, das habe ich ganz vergessen, ich hab etwas gekauft, ich wollte es dir noch sagen. Er nannte die Marke eines Wagens, seine Farbe, warum es bis gestern nicht ganz sicher war, ob er ihn bekäme, gleich heute Vormittag wolle er ihn anmelden, dann werde sie ja sehen. Sie fragte: Silbern? Er bestätigte es. Ja, silbern ist gut, das mag ich, sagte sie und entdeckte ein paar Krümel in seinem Mundwinkel, wischte sie ihm mit einer Handbewegung weg. Der Mann musste noch bezahlen. Sie ging nicht mit, stellte sich etwas abseits, halb stolz, halb unangenehm berührt, dass sie da mit einem Mann in ein Hotel gegangen war, nur für eine Nacht und fast ohne Gepäck, wie ein Flittchen bei offenem Fenster, wie ein Flittchen. Auf einmal konnte sie alles hören, drunten im Hof stand sie und hörte ihn und sich durchs offene Fenster, sie konnte alles genau hören.

Zum Abschied sagte er: Der letzte Fick war gut. Ich fick dich gern, sagte der Mann und schaute sie sich an, mit einem Anflug von Misstrauen, wie ihr schien: als könne sie ihm im nächsten Moment entgleiten, als würde er ihren dämmrigen Gedanken nicht trauen. Er musste in die andere Richtung. Alles in Ordnung? Ja, alles in Ordnung, was soll sein, nun geh. Ich geh auch. Er wandte sich ab. Sie blickte ihm nach, mit einem Gefühl der Verachtung, wie er da ging und nicht wusste, wie sehr sie ihn nötig hatte, seine Art zu gehen, die sie sehr mochte, seinen Körper so dumm wie ein Tier. Sie begann mit sich selbst zu reden, dachte an die Kinder, die wahrscheinlich noch schliefen; auch zu denen redete sie. Es war nicht klar, wer der Feind war. Der Feind war da, aber er zeigte sich nicht. Sie befühlte eine Stelle am Hals, weit unten in Richtung Schulter, ein kleiner Biss. Sie lachte. Aus der Ferne sah sie aus wie sechzehn. Dieser hartnäckige Wille, nicht zu wissen. Eine Lügnerin, wie sie im Buche stand. Kam ihr jemand auf die Spur, stritt sie alles glatt ab. Noch immer redete sie laut vor sich hin, auf der Straße, als wäre sie nicht ganz richtig im Kopf: Ich war in einem Hotel, Kinder, wacht auf, es ist Zeit, ich bin da, in einem Hotel habe ich geschlafen, esst und trinkt, es ist alles da, der Saft und die Salami auf dem Tisch, es ist von allem da, ein paar Tage müsst ihr mir geben, ein paar Tage bleib ich noch. Etwas in ihrer Nähe begann zu ticken, irgendwo in ihrem Kopf ticktack ticktack, seit ein paar Tagen, mit nervtötender Gleichmäßigkeit, immer wieder dieses Ticken. Sie versuchte es abzuschalten. Ab und zu gelang ihr das. Man durfte nicht wütend werden. Manchmal ging es einfach weg, oder es wurde ganz leise, fast wie ein Summen, als wäre es gar nicht da. Wie eine Nutte, dachte sie. In einem Schaufenster versuchte sie zu sehen, wer sie war, ob man ihr etwas anmerkte, einen Schaden, eine Bosheit, die sie gerade ausheckte, sie glaubte, das müsse man doch sehen, alle ihre Gedanken; wie verdorben sie war.

7

◊ DIENSTAG ◊ Eines Tages – es war schon kurz vor Geschäftsschluss – betrat eine Frau in einem Kaufhaus die Spielzeugabteilung und wollte dort etwas kaufen. Das Personal war in Gedanken längst auf dem Weg nach Haus, deshalb bekam sie auf der Stelle unfreundliche Blicke, die Blicke forderten eine rasche Entscheidung, doch die Frau ließ sich nicht drängen. Man bot ihr Hilfe an. Sie lehnte jede Hilfe ab. Sie suche etwas ganz Bestimmtes, sagte die Frau, nannte aber weder Geschlecht noch Alter des Kindes, das sie beschenken wollte, stand sehr lange bei den Tieren aus Stoff, prüfte Elefanten und Pinguine, ging zu den Puppen, die weiter weg in den Regalen standen, dann wieder zurück zu den Tieren, unter denen auch ein Panther war, ein fremdes schwarzes Tier mit ölig glänzendem Fell, die Augen wie ein fernes Gestirn: Den Panther und keinen anderen wollte sie haben. Die Frau war die ganze Zeit sehr fahrig gewesen, aber jetzt, da sie die Wahl getroffen hatte, lachte sie, nickte kurz herüber zu den Verkäuferinnen; dann ging sie zur Kasse. Sie wollte den Panther wie er war, nicht als Geschenk, suchte lange das passende Geld und fand beim Zahlen einen Zettel, auf dem ein Name mit Telefonnummer stand, sie konnte sich auf Anhieb nicht entsinnen. Das Fell des Panthers fühlte sich weich an. Sie zahlte, dankte, hatte das Tier, das zu ihren Wünschen passte, las auf der Straße noch einmal den Zettel. Ein Mann. Es war der Name eines Mannes, auch die Schrift war männlich, fast unleserlich, auf einem Fetzen Papier stand der Name des Mannes. Sie musste ihn vor kurzem kennen gelernt haben und versuchte sich zu erinnern. Ach ja, der, dachte sie ohne Begeisterung, denn weil sie noch sehr jung war, hinterließen die Menschen, Begegnungen nur selten einen bleibenden Eindruck; sie schienen ihr leicht zu ersetzen, ohne große Bedeutung, und vielleicht hatte sie ja Recht: Sie waren es.

Der Mann, von dem sie nur ein undeutliches Bild hatte, war ihr vor Wochen auf einer Party begegnet; ein Bekannter von Bekannten. Sie hatten eine Weile getanzt, er wohnte ganz in der Nähe, aber sie traf ihn kaum. Eigentlich gab es keinen Grund, dass er ihr nach Mitternacht einen Zettel zusteckte, sie hatten kaum geredet und nicht weiter auf sich geachtet, oder sie war zu betrunken, um zu bemerken, dass jemand sie den ganzen Abend beobachtet hatte; das wollte sie jetzt, da es längst geschehen war, herausfinden. Sie rief den Mann an, von einem Café aus die Nummer auf dem Zettel, die zu diesem Mann gehörte, er war auch gleich am Apparat. Ob er sich erinnere? Aber ja, das Fest, er wisse genau. Dann zögerten er und sie, es entstand eine Pause. Sie hatte nicht überlegt, was reden, wenn er nach dem ersten Satz nicht redete, ihr fiel zu dem Mann nur ein, dass er tanzte. Ob sie einmal zusammen tanzen gehen sollten? Ja, wann, fragte er. Heute? Warum nicht, sagte sie und verabredete sich mit ihm; der Mann wollte sofort aufbrechen. Sie ging hinunter zum Fluss und setzte den Panther auf eine Mauer, sie sah den Panther an. Am Ohr das Etikett wollte sie wegreißen, es war aber nicht möglich, sie musste es ihm bei nächster Gelegenheit abschneiden. Der Panther starrte sie mit seinen Augen an, eigentlich schaute er durch sie hindurch. Sie wartete, bis über dem Fluss die Dämmerung hereinbrach, redete hin und wieder mit dem Tier, da kam schon der Mann. Hi, sagte die Frau, und der Mann, der die letzten Meter vielleicht gerannt war: So sieht man sich wieder. Er war tatsächlich gerannt und hatte sie sehr viel blasser in Erinnerung, fast farblos, gerade noch kindlich, die wenigen Züge wie verwischt, irgendwie verschwommen, weniger nuttig. Er sah den Panther auf der Mauer, das enge Kleid, das sie trug, sie war ihm ganz neu. Fast zweifelte er, ob sie es wirklich war, auf der Party das Mädchen, das er den ganzen Abend beobachtet hatte, er war sich nicht sicher. Und was hast du den ganzen Tag gemacht, fragte sie. Ja, Arbeit, sagte er. Nur das. Beinahe hätte ich deine Nummer nicht lesen können, sagte sie und wartete, dass er etwas erwiderte. Der Mann wollte noch etwas essen bei McDonalds.

Du bist ein komischer Typ, hatte sie beim Essen gesagt und es in diesem Moment bereut, ihn angerufen zu haben, denn er war nicht lustig als Mann, hatte einen Körper, wie sie ihn nicht mochte, sehr dünn und sehr spitz, fast unheimlich in seinem Schweigen, die käsig langen Finger, die sie bemerkte, mit einem Anflug von Ekel: als wasche er berufsmäßig Leichen oder ziehe toten Tieren die Häute ab; sie wusste selbst nicht, wie sie eigentlich drauf kam. Der Mann fragte: Wieso? Das hat mir jetzt noch niemand gesagt, und darauf wieder sie: Dann denk mal drüber nach, du Idiot, oder wann hast du zum letzten Mal gefickt? Sie wollte ihn provozieren, er sollte etwas von sich zeigen; doch er schwieg nur. Sie sagte: Gehen wir? Ich will jetzt tanzen, und stand auf. Es war aber zum Tanzen viel zu früh, halb neun; die Diskothek war fast leer. Ein paar flüchtige Bekannte waren da und winkten, drüben, vom Rand der Tanzfläche her, sie wusste kaum deren Namen, da ging sie zu denen hin und nahm den Mann mit. Sie begrüßte sie sehr beiläufig, stellte den Mann vor, der von sich aus nicht redete, niemand sollte sich auskennen. Sie sollten denken, vielleicht gehört sie zu uns, vielleicht auch zu dem, mit dem sie gekommen ist; doch in Wahrheit gehört sie niemandem. Die Typen glotzten. Es war ihnen langweilig. Auf der Tanzfläche tummelten sich ein paar Mädchen, auch deshalb glotzten sie, machten Bemerkungen zu ihrem Kleid, hatten obszöne Gedanken. Sie dachte: Ihr kennt mich nicht, wer gibt euch das Recht, ich bin es, eine ganze andere bin ich, für euch alle bin ich von nun an eine andere. Es war ganz leicht. Sie sagte, sie sei nur für ein paar Tage zu Besuch, die Stadt sei superlangweilig, auch bei der Conny sei es superlangweilig, sie sei die Schwester; sie wüssten schon.

Es war nicht wahr, aber in diesem Moment beschloss sie, den ganzen Abend auf dieser Lüge zu beharren. Die Bekannten ihrer Bekannten wollten wissen, dass sie die Conny sei. Das bestritt sie. Aber du bist doch die Conny, verarsch uns nicht, so gut kennen wir dich, du bist die Conny. Nein, ich bin die Schwester, Conny sei zu Haus, sie könne nicht weg, ob sie denn nicht wüssten, dass sie Zwillinge seien, wir leben seit langem in verschiedenen Städten. Darauf schauten sie alle prüfend an. Eine Schwester? Sie hatten von einer Schwester nie gehört. Auch der Mann schaute sie prüfend an; er hielt es offenbar für möglich. Wahrscheinlich dachte er an das Mädchen auf der Party und verglich sie jetzt mit der. Ja, es war möglich, für ihn, in diesem Augenblick, warum nicht. Sie erzählte die Geschichte. Mit ein paar klaren wenigen Sätzen, die hoffentlich jeden Zweifel in ihm besiegten, erzählte sie das Leben der falschen Schwester, fast triumphierend, nicht ganz sicher, ob es ihr gelänge, erfand eine Wohnung, in der sie lebte, mitten in der großen Stadt, in der die Diskotheken Klubs hießen, erfand einen Mann, mit dem sie angeblich zwei Zimmer teilte, manchmal schlafe sie mit ihm, aber ohne Terror, ohne Verpflichtung. Ach komm, sagten die Jungs und wollten an so ein Leben nicht glauben. Sie aber beobachtete die ganze Zeit den Mann und hoffte, er würde denken: Das alles kenne ich von dem Mädchen auf der Party nicht, also kann sie dieses Mädchen nicht sein. Um sie alle zu prüfen, sagte sie: Das Leben meiner Schwester finde ich zum Kotzen, nannte verschiedene Gründe, die Gründe lagen alle in der Schwester, ihrer Dummheit; es klang sehr hässlich. Sie wollte etwas zu trinken. Jemand ging los, ihr etwas bringen, dann fing sie an zu tanzen, erzählte beim Tanzen von den Klubs, die sie angeblich kannte, wie die Leute dort waren und sich bewegten: Als hätten sie etwas zu verlieren. Fast glaubte sie sich die Schwester, die sie erfunden hatte. Sie tanzte, wie sie noch nie getanzt hatte, wie sie glaubte, dass einer tanzte, der etwas riskierte; an den Augen des Mannes mit der Telefonnummer konnte sie die Wirkungen kontrollieren. Sie ließ ihn warten. Als habe sie den anderen zeigen wollen, dass sie doch eher zu ihm gehörte, hatte sie gesagt: Zu dir komme ich noch, nimm einstweilen den Panther, die besten Stücke spielen sie noch. Sie behielt ihn im Auge. Wenn ihr ein Lied nicht gefiel, ging sie zu ihm hin und sagte: Meine Schwester ist selber schuld. Oder: Du kannst ja mal kommen und mich besuchen, der Junge, mit dem ich lebe, stört sich nicht daran, er macht es nicht anders.

Sie mochte am liebsten die Lieder mit den langsam stampfenden Rhythmen, versuchte sich zu sehen, wie die anderen sie sahen, und versuchte das, was sie sah (sie war eher klein, mit anfangs ungelenken, wie eingeübten Bewegungen), zu verbessern. Die Tanzfläche füllte sich, die Musik wurde sehr laut und schnell, sie ließ sich treiben, tanzte unter Fremden und blieb unter diesen Fremden, feilschte in Gedanken um ihren Preis. Einmal kam sie zurück, da stand der Mann neben einem Mädchen, das sie flüchtig kannte, den Namen dieses Mädchens, den sie mochte: Sandra. Hallo, sagte die Frau, und darauf das Mädchen: Hi, ich hab schon gehört, du bist die Schwester, wie heißt du denn? Sie nannte einen Namen, einen, der ihr gerade einfiel. Das Mädchen sagte: Dein Panther ist süß. Willst du ihn zurück? Und da musste sie den Panther nehmen, nahm ihn auch (etwas ruppig), tanzte ein paar Mal mit dem Panther (obwohl es sehr lästig war), wäre ihn gerne losgeworden, fand aber keinen Platz, wo sie ihn lassen konnte. Sie verfluchte abwechselnd das Tier und sich, dass sie es gekauft hatte, dass es in ihre Handtasche nicht passte, wegwerfen wollte sie den Panther nicht. Sie suchte auf den Toiletten, dort auf den Toiletten traf sie Sandra, die sich gerade schminkte, mit ein paar Mädchen stand sie vor den Spiegeln und tuschte die Wimpern. Hi, Pantherfrau, sagte Sandra, aber laut, damit es alle hörten, ihre Freundinnen, das sei die Schwester von Conny. Eines der Mädchen sagte: Conny? Oh Gott, komm mir bloß nicht mit der, diese Nutte. Kennst du sie denn, fragte Sandra, und das Mädchen: Klar. Eine üble Nutte ist sie. Über Leichen geht sie auch. He, he, sagte die Frau, was fällt dir ein, du kennst sie doch gar nicht, oder woher kennst du sie, denn das Mädchen, das so redete, kam ihr ganz unbekannt vor.

Das Mädchen schwieg. Na, red schon, sagte die Frau, sag, woher du sie kennst, beweis es. Da wurde das Mädchen ganz kleinlaut und musste es beweisen, erzählte von einem Nachmittag am See, damals am See der Junge mit dem Boot, den hat sie mir einfach weggenommen. Ach das, dachte die Frau und sah sich an diesem See in irgendeinem Sommer, sie wusste nur ein paar Szenen, aber noch immer, als wäre es nicht sie, die sie da sah, wie sie einer anderen zum Spaß den Typen wegnahm, sondern als wäre es eine andere, die hässliche Schwester. Sandra wollte vermitteln und meinte, sie sollten endlich aufhören, schließlich sei es die Schwester, für eine Schwester könne man nichts. Das sahen alle ein. Sie wechselten das Thema, unterhielten sich über Parfüms und tauschten untereinander ihre Erfahrungen, borgten sich Lippenstifte, ein Make-up, den Abdeckstift. Die Frau stand ein wenig abseits mit ihrem Panther und beobachtete nur, wirbelte den Panther an einem Ohr durch die Luft, wusste noch immer nicht, wohin. Sandra fand, da falle sie bei den Typen gleich auf: die Frau mit dem Panther. Sie hielt es für einen Trick und wollte die Unbequemlichkeit nicht sehen. Dann gingen alle. Nur die Frau blieb und suchte nach einem Platz für das Tier, prüfte die Wirkung der Sätze, ob und wen genau sie trafen, inwiefern sie sich erkannte. Bei den Waschbecken fand sie zwei billige Haarspangen, mit diesen Haarspangen steckte sie sich den Panther ans Kleid, auf die rechte Schulter setzte sie ihn und begann den Abend von vorn. Sie suchte sich Orte, an denen das Gedränge besonders groß war, am Rand der Tanzfläche, aber weit von den anderen, und später bei der Bar, achtete auf die Blicke, die ihr und dem Tier galten, die ersten Sätze der Männer, die sie mit ihren Sätzen berührten, den Angeboten mit und ohne Summe. Komm weiter, wir müssen weiter, sagte sie zu dem Panther, bis eine Stimme in ihrem Rücken antwortete: Aber wohin denn, sag's mir. Da war es die Stimme des Mannes mit der Telefonnummer, der sie gesucht hatte, sie drehte sich gleich um. Er lachte sie an, berührte den Panther; er kraulte ihn, hinter den Ohren, sehr lang.

Ohne ein weiteres Wort zog er sie hinter sich her auf die Tanzfläche und fasste sie an, gab genau vor, wie sie sich zu bewegen hatte und welche Bewegungen möglich waren, Bewegungen, die sie nicht kannte. Er drehte und wirbelte sie herum, machte ihnen Platz, zu einem langsam schlingernden Rhythmus, verschiedenen Trommeln, die sie hörte und mit ihrem Körper in sich aufnahm, wie Stimmen, die um etwas baten, fordernd, als wäre sie ihnen etwas schuldig, als müsse sie ihnen auf der Stelle antworten: wie Kinder. Der Mann flüsterte ihr ab und zu etwas ins Ohr, kurze Sätze, die sie kaum hörte, knappe Befehle, Korrekturen, auch Aufmunterungen, nichts Zweideutiges, eigentlich nur Gewisper. Sie spürte, etwas hielt sie fest, aber gerade nur so, dass sie nicht aus der Bahn flog, auf der Höhe ihrer ungefähren Wünsche, sehr dumm und begierig, und zugleich jenseits aller Gier und klug, als wisse sie ein für alle Mal, was ihr zustand, was sie brauchte, um das Leben zu überleben, grausam und unschuldig, wie ein zum Sprung bereites Tier. Der Mann lachte, weil er merkte, dass er sie durcheinander brachte, hörte nicht auf, immer wieder neue Figuren zu erfinden, ließ sie los, fing sie wieder ein, warf sie endlich ein paar Mal über die Schulter und wunderte sich, wie leicht sie war, sehr wendig und biegsam, wie eine Puppe. Einmal blieb sie mitten in einem Lied stehen und sagte: Ich kann nicht mehr, und er: Doch, du kannst, wir sind noch nicht fertig. Sie dachte an seine Hände auf ihrem Rücken und wie er mit diesen Händen in seinem Leben untertags Kadaver berührte, mit professioneller Zärtlichkeit, wie sie sich vorstellte, mit diesen Händen, die alles wussten und ganz gleichgültig waren, fasste er sie die ganze Zeit an.

Nach über einer Stunde wurde sie seiner überdrüssig, leistete Widerstand. Sie verzögerte den Rhythmus, gab mit ihrem Körper absichtlich falsche Antworten, wollte ihn von sich weg haben und abschütteln, doch er ließ es nicht zu und beharrte, als hätte auch er ein Recht. Einmal riss er sie fast zu Boden, streifte ihre Schulter, auf der noch immer der Panther saß; der Panther fiel zu Boden. Der Mann wollte sich gleich bücken und das Tier aufheben, da kam sie ihm zuvor und stellte sich ganz steif vor ihn hin, hielt den Panther in der Hand und beschimpfte ihn, dann ging sie weg. Nur widerwillig folgte er ihr, wusste wieder die Sätze nicht, nur beim Tanzen hatte er sie auf eine Art gewusst. Sie fing von ihrer Schwester an, wenn sie jetzt hier wäre, ihre Schwester und sie, jetzt, in diesem Augenblick, sie beide nebeneinander, wie das für ihn wäre, wie würde er sich entscheiden. Der Mann sagte: Komm, gehen wir was trinken, was willst du, deine Schwester ist nicht da. Sie aber beharrte darauf, wusste über die Schwester auf einmal auch Gutes, ein Leben mit zwei Kindern, die kaum sprachen und nicht sauber wurden: Für das alles hatte sie auf einmal einen fast versöhnlichen Blick. Wieder sagte der Mann: Komm, wir trinken was, ich mag das nicht hören, zog sie mit in Richtung Bar, bestellte Bier, suchte mit seinen Blicken die anderen, so, als wäre er sie auf einmal doch leid, auf der Suche nach irgendwelchen Sätzen, die er noch sagen könnte, als wäre er gar nicht mehr da.

Die Frau fragte, wie gut er ihre Schwester eigentlich kenne, darauf gab er widerwillig Antwort: So gut wie gar nicht, nicht gut, am Telefon heut Nachmittag habe ich sie mit dir verwechselt. Sie musste lachen und erzählte, was das Mädchen auf dem Klo über die Schwester gesagt hatte, ob er das glaube, dass sie eine üble Nutte sei. Darüber musste er nachdenken. Sie wusste nicht, was sie erwartete, aber sie hoffte, er würde sagen: Ja, das, ja, sicher, was kümmert's dich, sie ist, wie sie ist, du musst ihr Leben nicht leben, etwas in der Art. Doch stattdessen sagte er: Mein Gott, hör endlich auf, ich bin nicht blöd, die Schwester hast du dir ausgedacht, diese alberne Lügerei, was willst du denn. Sie wollte gleich wütend werden und ihm widersprechen, aber an seinen Blicken erkannte sie, es hatte keinen Sinn, denn er hatte sie erkannt, an einer Bewegung, der Art, wie sie von sich redete, ihrem erfundenen Leben, irgendeiner Kleinigkeit, die er hätte übersehen müssen, damals auf dieser Party, als er sie beobachtete und sich alles sofort merkte. Sie dachte: Er weiß, dass ich lüge, aber er tanzt mit mir. Als könnte er mich hinter meinen Lügen sehen. Er fragte: Kommst du mit? Was willst du. Sag, was du willst. Sie kam mit, wusste aber nicht, was sie wollte.

Erst auf dem Weg fiel ihr ein, was sie ihm noch hatte sagen wollen. Vor den anderen konnte sie davon nicht reden, deshalb bat sie ihn mit den Augen, er solle sie nicht verraten. Der Mann schaute kurz zu ihr hin, gab ihr ein Zeichen, nur damit sie wusste, das war nicht die Art, wie er über diese Dinge dachte. Auch als Sandra auf einmal damit begann, man könne sich doch einmal besuchen, sie käme sehr gern, für ein paar Tage in die große Stadt, gemeinsam durch die Klubs ziehen, erwähnte der Mann mit keinem Wort, dass es dieses Leben in der Stadt nicht gab, nicht für diese Frau, noch nicht. Die Frau sagte: Ja, klar. Warum nicht. Wir können telefonieren. Gab ihr eine Nummer, die sie erfand, wie den Namen, bei dem sie alle noch immer riefen, irgendeinem Namen. Der Mann fragte das Mädchen Sandra: Tanzen wir? Sandra nickte. Aber ich bin nicht so gut, sagte sie und zeigte auf die Frau, die mit ihrem Panther noch immer da stand und aussah, als würde sie träumen. Die Frau blickte den beiden nach, dachte kurz an den Mann, mit dem sie lebte, schüttelte über etwas den

Kopf, dachte an den Jungen, den sie erfunden hatte: Alle paar Nächte brachte er ein anderes Mädchen. Er war immer verschlafen und ungewaschen, am späten Vormittag, wenn sie sich in der Küche trafen, sehr neugierig, wollte immer hören, was sie erlebt hatte, vor all den Mädchen, er wollte nur immer wissen, was sie erlebte.

Eine Weile sah sie den beiden zu, wie sie sich amüsierten, manchmal zu ihr herüberwinkten, als verdankten sie alles ihr. Sie konnte sehen, wie sie über sie redeten, meinte zu hören, was sie in etwa sagten, der Mann, wie er gleich anfing: Ich wusste es sofort, so eine dumme Kuh, und dann Sandra, wie sie widersprach: Aber ich finde sie nett, so wie sie heute ist, ist sie eigentlich ganz nett. Sie wusste jedes Wort, auch den Sinn, dass es darum gar nicht ging, nicht um sie, es war nur ein Spiel, zwischen ihm und dem Mädchen; es war ihr alles ganz egal. Später redete sie einer der Typen an, er war betrunken und zudringlich, sie sagte, sie wolle kurz telefonieren und dann nach Haus. Weil er nicht locker ließ, musste sie ihm sagen: Hau ab. Du hältst mich wohl für bescheuert. Verpiss dich. Auf einen wie dich hab ich gewartet. Um sich zu prüfen, erklärte sie ihm dann noch, wer sie wirklich war, wie sie alle auf sie reingefallen seien, es war ganz leicht, der Typ verstand überhaupt nicht, wovon sie redete, dann ließ sie ihn einfach stehen.

Sie war schon fast am Telefon, als diese Sandra sie auf einmal von hinten antippte und fragte, ob es wirklich wahr sei, sie könne es gar nicht glauben. Ist es wirklich wahr, fragte sie, sagte aber nicht, was sie meinte. Die Frau mit dem Panther antwortete: Ja, es ist wahr, na sicher, freu dich, sie müsse jetzt leider telefonieren, zu Hause warte man auf ihren Anruf. Aber ja, ruf an, lass dich nicht stören, ich bin so froh, sagte Sandra und nannte sie noch immer bei ihrem falschen Namen, vielleicht konnte sie sich so schnell nicht umstellen, oder sie hatte nicht die geringste Ahnung und meinte die ganze Zeit nur ihr Glück mit dem Mann. Nun geh schon, sagte die Frau und wartete, bis sie gegangen war, wählte eine Nummer, ließ es lange klingeln, legte wieder auf; wahrscheinlich schliefen sie alle längst, gingen aus irgendwelchen Gründen nicht ran. Ja, gut, dann morgen, dachte sie und prüfte noch einmal, ob sie es schwer fand; es war nicht so schwer, wie sie befürchtet hatte. Sie kehrte zu sich zurück und hatte wieder die alten Gedanken. Das Naheliegende, die unbedachte Gewohnheit. Gehen. Einen Schritt vor den anderen setzen, bis man da war, wo ein anderer war. Den Schlüssel ins Schloss stecken, die Schuhe von den Füßen streifen, im Dunkeln für alle Fälle jedes Geräusch vermeiden. Was alles gewesen war. Was sie erwartete. Die Zuverlässigkeit des Alltags. Einkaufen und Mahlzeiten bereiten, Waschen, Putzen. Die Beine breit machen für einen Mann. Später den Saft aus sich herauslaufen lassen. Das alles.

Draußen vor der Diskothek atmete sie tief durch, wie nach einer schweren Arbeit. Es war eine warme Sommernacht, sie würde ein bisschen zu Fuß gehen. Komm du mit, sagte sie zu dem Panther und wollte, dass er ihr Gesellschaft leistete, setzte ihn wieder auf die Schulter und ging mit dem Panther durch die Straßen. Ganz still und stumm war das Tier, und während sie so ging, dachte sie darüber nach, ob sie ihn behalten solle; das hielt sie immerhin für möglich. Eine leichte Last, verglichen mit den anderen Lasten. Von Sprache keine Spur. Die Duldsamkeit des Tieres. Vielleicht wäre sie selbst gern ein Tier gewesen. Im Grunde wusste sie überhaupt nicht, wer sie war. Sie trödelte, dann, auf einmal, begann sie beinahe zu rennen, wollte den Panther nicht mehr tragen. In hohem Bogen warf sie ihn hinter sich in die Büsche einer Grünanlage, kehrte nach ein paar Schritten wieder um und suchte ihn, setzte ihn vor sich hin, auf den nackten warmen Boden, in einem Gestrüpp aus toten Zweigen, Blättern, staubigem Moder. Sie häufte etwas Erde auf den Panther, wie ein Kleid, das ihm nicht richtig passte, mit den bloßen Händen grub sie eine kleine Mulde. Er sollte nicht frieren in der Nacht; sie dachte an den Wind. Eigentlich beerdigte sie ihn. In ein paar Tagen wollte sie kommen und nach ihm sehen.

8

◊ MITTWOCH ◊ An einem Mittwoch im Juni, als sie die Tage schon nicht mehr zählte, saß eine junge Frau in der Küche ihres Liebhabers und wartete auf das Frühstück. Der Mann, obwohl es sein freier Tag war, hatte sie bis lange nach Mittag schlafen lassen, trotzdem wollte sie lange nicht wach werden, die ersten Minuten im Bett, dann im Bad, wo sie ein paar Mal über ihren Bauch strich, als hätte sie ihn gerade entdeckt, den tiefen Nabel, die nicht mehr ganz straffe Haut, mit der sie überall bedeckt war, damit man nicht sah, was sie sonst noch war: ein bis an den Rand gefülltes Gefäß mit fremden zuckenden Teilen, das ganze übel riechende Leben aus Blut und Schlamm, das da war und sie erhielt, wie sie nicht sein wollte: warm und dumm. In der Wohnung war es wie seit Tagen heiß und stickig. Sie wickelte sich in ein Handtuch, trank ein Glas Wasser gegen den Durst, dann Milch und noch einmal viel Wasser, aß endlich das Ei, das der Mann für sie gekocht hatte, einen Toast mit Marmelade, obwohl sie Marmelade nicht mochte. Der Mann sagte, sie sehe neu aus, etwas sei neu an ihr, frischer, keine Ahnung; es falle ihm nur auf. Ein richtiges Frühstück, ja, sagte die Frau, die normalerweise nicht frühstückte. Doch der Mann sagte, nein, das meine er nicht; deshalb sei es bestimmt nicht. Er konnte nicht sagen, was es genau war, eine Art Glanz, wie frisch poliertes Blech (so hätte er sagen sollen), er kannte spezielle Flüssigkeiten, all die matten Stellen, die dann wieder kamen und wie neu wurden: verchromte Stoßstangen, die Motorhaube, Türen, Fensterrahmen, eigentlich alles bis aufs Verdeck. Die Frau sagte: So meinst du? Sie sagte seinen Namen, nur ausnahmsweise, weil sie gute Laune hatte, denn in der Regel versuchte sie Namen zu vermeiden.

Sie redeten eine Weile über Geld und was sie später noch tun würden, wann und mit wem, drinnen oder draußen. Die Frau wollte am liebsten fernsehen, endlich richtig wach werden, sie sei nämlich noch gar nicht richtig wach, hatte nur Lust auf das. Sie waren sich nicht einig. Der Mann wollte zu seinem Wagen und testen, wie das war, in dem silbernen Cabrio mit den neuen Boxen, wenn man sie richtig aufdrehte, auf der Autobahn bei hundertfünfzig, wie sich das anhörte. Die Frau sagte: O Gott, nicht schon wieder, nicht heute, verschon mich, wie ich das hasse. Doch schon im nächsten Moment lenkte sie ein: Na gut, meinetwegen. Fahren wir. Aber nicht jetzt. Jetzt ist es mir zu heiß. Sie beobachtete ihn, wie er trank, dann, wie er das Brotmesser nahm und sich etwas abschnitt, ein großes Stück Wurst, das Brot, alles sehr hastig, irgendwie gemein. Sie dachte: Er isst und trinkt wie ein Schwein, was ist er für ein Schwein; als fiele es ihr zum ersten Mal auf. Sie bedachte, was für ihn sprach und was gegen ihn, ob alles wirklich so war oder ob sie übertrieb, aus welchen Gründen sie das tun sollte. Was ist, fragte der Mann, weil er etwas gemerkt hatte, die Frau sagte: Was soll sein. Ich geh dann mal rüber und schau, was läuft. Damit ließ sie ihn sitzen; es lief aber nur dummes Zeug. Sie schaltete hin und her, fand etwas mit Tieren, ein Reisemagazin, zwei Zeichentrickfilme für Kinder, dazwischen Werbung für Eis und Getränke, spezielle Säfte in Tetrapacks, die sie selbst schon gekauft und getrunken hatte, orangefarbene Klötze, mit denen die Kinder immer etwas bauten, drei, vier übereinander, kleine Hochhäuser, wie in Amerika.

Sie holte eine Videokassette, die mit den Talkshows, die er unter der Woche immer aufnahm, hörte aus der Küche den Mann, wie er mit jemandem telefonierte und ihn einlud, heute Nachmittag zu einer Tour, die kurzen Fragen, die er stellte, seine Antworten: Ja, sie ist da, drüben im Zimmer vor der Glotze, keine Ahnung. Auf einmal stand er in der Tür und fragte: Hast du die Kinder? Es ist Frank. Hast du die Kinder? Sie sah ihn verwundert an und schüttelte den Kopf. Aber nein. Heut Abend? Die Kinder? Nein. Sie hätte gern gesagt: Aber das heißt nichts. Was redest du? Was machst du Pläne für mich und dich. Von deinen Plänen will ich nichts wissen, vielleicht geh ich weg. Sie dachte an die Kinder, voller Wohlwollen, als wären sie ihr nur gerade sehr fern, war plötzlich besorgt, ob auch alles reichte, die Vorräte, das Essen und Trinken für ein paar Tage, war sich nicht sicher; sie hatte sie seit Tagen nicht mehr gesehen. Sie zählte die kleinen Tetrapacks, die sie ihnen hinterlassen hatte, versuchte zu zählen, wie viele es waren, wo sie standen, ob das reichte, was sie den Kindern zum Abschied gesagt hatte, was man tat, wenn man fror, wie man unter eine Decke schlüpft, was ist, wenn einem zu heiß ist, wenn der Hunger kommt, der Durst. Sie meinte sich zu erinnern, dass sie alles genau erklärt hatte, auch mit den Fingern, damit sie wussten, wohin sie gehen sollten, jedes einzelne Ding, wo es sich befand, wie es funktionierte, der Wasserhahn im Bad, in der Küche der Kühlschrank, nicht die Fenster, die Türen, ihr könnt euch alles nehmen, bewegt euch, es ist alles da, vor allem Wasser müsst ihr trinken, denn ohne Wasser kann ein Mensch nicht leben. Sie hatte es ihnen gesagt. Habt ihr verstanden? Ja, sie hatten verstanden, sie nickten; in ihrer Erinnerung nickten sie.

Wir treffen uns um sechs, sagte der Mann. Du und ich und Frank, vielleicht Nadine. Bist du wieder an meinen Kassetten? Sie sagte: Ja, es kommt nur Mist. Darauf sah er sie kurz an, nur so mit einem Blick, prüfend und zugleich schutzlos, als könne sie auf einmal sehen, wer er wirklich war, wie durch einen Spalt, was er vor ihr verbarg: seine einfältige Seele. Er sagte etwas über ihr Kleid, dass er es gar nicht kenne, woher sie es habe, von welchem Geld. Gefällt es dir denn? Der Mann sagte, ja schon. Aber woher sie es habe? Na, geklaut. Geht es dich was an? Der Mann sagte, ja und ob, fing auch gleich an, die Frau zu kritisieren, er wolle keine Scherereien, keine Polizei, das wäre das Letzte. Sie sagte: Ich kann ja gehen, wenn es dir nicht passt. Nein, so habe er es nicht gemeint. Aber wie es weitergehe, mit ihnen und den Kindern; er habe Kinder nie gewollt. Noch einmal sagte die Frau, sie könne ja gehen, jetzt, auf der Stelle, dann sei er sie los. Dabei stand sie auf, stellte sich vor ihn hin, als habe er die Wahl. Na, gut, wann kommt sie? Sie hatte ihm gesagt, die Kinder seien verreist, zusammen mit ihrer Mutter, es fiel ihr gerade noch ein, sie sagte: In ein paar Tagen. Sie stellte sich vor, was in ein paar Tagen wäre, gab sich zum wiederholten Mal eine Frist, nur noch ein paar Tage, ein paar Tage mussten sie alle noch Geduld haben, auch der Mann, vor dem sie ihr Leben mehr oder weniger verbarg, der noch nicht mal ihre Wohnung richtig kannte, nur verschlossene Türen, die Stimmen der Kinder hinter den verschlossenen Türen, alle paar Wochen, wenn er kam und sie holte und behandelte, als wäre sie eine Aussätzige.

Auch diesmal wusste sie, was kommen würde. Sie versuchte schnell wegzuspringen, über sich selbst hinweg, als wäre sie gar nicht da, mit einem Satz; als wäre das möglich. Er sagte: He Puppe, du bist doch meine Puppe. Wollen wir uns gemeinsam was anschauen? Sie wusste nicht, was das sein sollte, sie sagte: Lieber nicht. Du machst mich verrückt, sagte der Mann. Diese Streitereien machen mich verrückt. Du machst das absichtlich. Ich weiß es genau. Mit diesen Worten hob er sie hoch, fasste sie an, fuhr mit seinem Mund über ihren Körper, verschiedene Stellen, von denen er glaubte, dass sie dort wäre, trug sie weg, lehnte sie in der Küche gegen den Tisch, ließ sie kurz knien, legte sie vor sich auf den Boden. Manchmal war sie da, manchmal nicht. Sie dachte: Heute nicht, heute bestimmt nicht. Sie war nicht da. He, Puppe, sagte er, weil er sie nicht zu fassen bekam, gab aber nicht auf, manipulierte ihre Brustwarzen, dann ihren Kitzler, die Schamlippen, die ganz trocken waren, faltete sie auseinander, wie ein Gärtner Blatt für Blatt, als habe sie Läuse, irgendeinen Befall, gegen den es kein Mittel gab. Endlich sagte sie: Komm, lass. Es hat keinen Sinn. Ich bin nicht in Stimmung. Vielleicht später. Das alles hörte sie sich sagen, wie es klang, diese lausigen Versprechen, ihre Lügen. Später, ehrlich, sagte sie. Und er: Vergiss es. Später bin ich weg. Auf deine Launen kann ich verzichten. Damit ließ er von ihr ab. Kurz darauf hörte sie ihn an der Tür, wie er sie von innen aufschloss und dann schnell hinter sich zuzog. Sie lag noch immer am Boden und lauschte, ob er wirklich fort war, dann stand sie auf, wickelte sich in ihr Handtuch, das sie lange nicht fand, ein helles, verwaschen blaues Handtuch mit ein paar Flecken, die da vorher nicht waren, es war ihr völlig egal.

Von einem der Fenster hatte sie einen Blick auf den Parkplatz, sie entdeckte seinen Wagen, dann den Mann, wie er schnell einstieg und losfuhr, mit laut aufgedrehten Boxen, in irgendeinem Lärm, von einer Musik, die sie nicht kannte. Sie spulte die Kassette mit den Talkshows zurück, lief aber gleich weg, von einem Zimmer ins nächste, sammelte auf einmal schmutzige Wäsche, trug aus allen Zimmern zusammen, was sie fand, wusch in der Küche das Geschirr ab, putzte Klo und Waschbecken, lauter seltsame Tätigkeiten, über die sie sich selbst wunderte. Ein oder zwei Mal sah sie ganz klar, sagte sich in einfachen Sätzen, was war, die Lage, wie sie zustande gekommen war, was sie tun musste, damit das und das geschah oder unterblieb, wovon alles abhing. Das war die Arbeit. Sie musste endlich sehen, was war. Wohin sie wollte. Ich oder sie. Das versuchte sie zu denken. Sie machte die Maschine fertig, wartete, bis das Wasser kam, der erste Schaum. Ihre Gedanken machten schlingernde Bewegungen. Eigentlich dachte sie gar nicht, es zog nur alles so durch ihren Kopf, sie machte verschiedene Skizzen, von den Wegen, die sie gehen mussten, die Höhe des Waschbeckens, was die Kinder schon konnten. Sie wusste, dass sie gern kletterten. Ein paar Mal weinte sie, immer dann, wenn sie nicht aufpasste, die kleinen Händchen, wenn sie zu nahe kamen, wenn man sich nicht rechtzeitig wehrte. Wieder konnte sie hören, wie sie miteinander redeten, lange Kaskaden von gebrabbelten Sätzen, ihre lächerlichen Einsichten, kindliche Fragen, die Antworten, die hin und her gingen und suchten, irgendeinen Schlüssel, den rettenden Einfall, wenn sie nicht kam.

Nach einer Stunde rief der Mann an. Im Hintergrund hörte sie das Rauschen einer Autobahn, seine Musik, eigentlich nur das Wummern der Bässe, seine Stimme, die sagte: Hey, es ist super, du verpasst was, die Boxen sind erste Sahne. Sie sagte: Deshalb rufst du an? Ja, klar, warum nicht? Es war kaum zu verstehen, was er sagte, auch weil der Fernseher so laut war, zwei Halbschwestern versuchten gerade zu erklären, warum sie sich hassten. Vor kurzem hatte die eine der anderen ein Loch in ihr liebstes T-Shirt geschnitten, heimlich mit der Schere, nur um sie zu ärgern und weil sie die andere nicht mochte; außerdem sei sie gar nicht ihre Schwester, keine richtige. Die Frau hörte, wie die andere schrie: Was kann ich dafür. Gib zu, dass du es gewesen bist. Darauf die erste: Ja, gut, ich gebe es zu. Ich entschuldige mich. Es tut mir trotzdem nicht Leid. Auch der Mann hörte die Stimmen, wollte wissen, was da war, was sie gerade anhatte, was hast du gerade an. Er redete immer weiter. Du solltest hier sein. Echt. Ein Supertag. Was machst du? Ich sag dir, mein Schwanz –. Was?, schrie die Frau, weil sie verstand: Mein Schwanz, nur das, dann war die Verbindung unterbrochen. Ja, fick dich, sagte die Frau und ging in die Küche, fand im Kühlschrank ein Bier. Wieder weinte sie, wie über ein Unglück, das sehr fern war, die beiden Süßen, weil sie so klein waren und niemand sie wollte. Nach dem zweiten Glas erholte sie sich. Sie hörte das Schleudern der Maschine, beschloss, dass das wirklich das letzte Mal war, warum sie sich überhaupt kümmerte, was es sie anging.

Später ging sie kurz weg und holte neues Bier. Der zweite Schlüssel war auf einmal nicht zu finden, deshalb hatte sie einen hölzernen Löffel zwischen Tür und Rahmen gelegt; als sie zurück kam, war die Tür zu. Sie klingelte, dachte sofort an den Mann, ein wenig verwundert, dass er schon zurück war, klingelte ein zweites Mal, wartete, fluchte, dass er ihr nicht aufmachte, als wäre er tot oder sehr böse, weil sie einfach wegging, ohne Nachricht, wann sie wiederkäme. Sie konnte nur sitzen und warten. Es machte ihr niemand auf. Manchmal hörte sie Stimmen aus den unteren Stockwerken, wenn jemand kam und ging, durch die geschlossenen Türen ab und zu ein Poltern, das Geschrei von Kindern, Musik aus kleinen Radios, dann wieder nur Stille, das Summen der Insekten, ein Wasserrauschen, später vom Dach ein Geräusch, als wären dort Leute, die leise auf und ab gingen, kleine vorsichtige Leute mit tapsigen Schritten. Eigentlich konnte es nicht sein. Es gab eine Tür, die immer zu war, dahinter ein paar Stufen, eine Luke im Dach: die Tür und die Luke waren offen, man konnte nach oben. Sie streckte den Kopf ins Licht und schaute sich um, kletterte auf das Dach. Sie war auf dem Dach. Von Leuten keine Spur. Nur ein leiser Wind, die Aussicht über Dächer und Höfe, verschiedene Teile der Stadt, in der sie lebte, Winkel und Perspektiven, die sie nicht kannte. Ja, das, sagte die Frau. Die Entdeckung gefiel ihr: ganz oben auf dem Dach. Es war nicht wirklich gefährlich, sie wollte es nur glauben, weil es verboten war. Ein angenehmer Schwindel erfasste sie, die Platten, Ziegel, alles, was das Dach war, von der Sonne sehr heiß. Wie eine Ballerina trippelte sie auf und ab, fand lange keine Stelle, an der sie hätte bleiben können, erst neben dem Kamin, wo ein bisschen Schatten war, setzte sie sich hin und wartete auf die Rückkehr des Mannes. Sie saß einfach nur da und döste, hatte den weiten Blick, war auf einmal sehr jung, keine zwanzig, ein leeres verzweifeltes Mädchen.

Sie hätte die ganze Nacht so sitzen können: ein trüber, selbstgenügsamer Zustand, eigentlich gar kein Warten. Fast musste sie lachen, als sie ihn endlich hörte, seine tiefe ölige Stimme, dass er nicht wusste, wo sie war, dass er nie im Leben drauf käme. Der Mann fand das Bier, das sie gekauft hatte, und lachte, er und jemand anders, ein Mann und eine Frau, wahrscheinlich Nadine und Frank. Sie blieb noch eine Weile sitzen, überlegte, ob sie etwas sagen sollte, dort oben auf dem Dach, was sie entdeckt hatte. Sie fand, es ging sie gar nichts an. Es fragte auch niemand, wo sie gewesen war. Sie saßen zu dritt in der Küche und tranken ihr Bier, hatten aber noch mehr, einen ganzen Kasten, keine Ahnung, woher. Auf dem Tisch vor Nadine und Frank lag eine Kamera, sie hatten beide nasse Haare, von der Sonne gerötete Gesichter, als kämen sie gerade vom Baden. Eigentlich kannte sie die beiden gar nicht. Nadine kam ihr verändert vor, als hätte sie zugenommen, zwei, drei Kilo, sie konnte sich täuschen. Die beiden Männer redeten über den neuen Wagen, die Tour, wie alles gewesen war, dann von irgendwelchen Fotos, die sie machen wollten. Die Frau wollte wissen: Was für Fotos? Na, Fotos, sagte der Mann. Fickfotos. Du, Frank. Nadine. Ich. Wir alle. Er sagte die Namen reihum, so, wie sie alle saßen, vielleicht war es aber auch mehr, ein Vorschlag für eine Anordnung, die Verdoppelung vorhandener Konstellationen, nur damit alle wussten, was möglich war. Es war die Idee von Nadine, sagte der Mann. Die Frau schaute zu Nadine, wie sie da saß und grinste, als wäre es nur eine harmlose Frage, wie bei einem Fest, als würde sie sich persönlich sehr freuen. Du kannst ja erst mal zusehen, sagte Nadine. Die Frau wusste nicht recht. He, bist du schwanger? Nadine sah sie erschrocken an. Schwanger? Ich? Wie kommst du darauf?

Sie gingen alle nach drüben. Ihr Liebhaber machte die Fotos. Ein Mann fickt eine Frau. Eine schnelle Nummer am Nachmittag. Sie hatte nicht gewusst, dass es so aussah, aus dieser Entfernung, wenn man alles mitbekam, wie unbeholfen das alles war, voller Mühsal. Sie dachte: Polaroid, ach, ja, Polaroid. Alle paar Minuten bekam sie ein neues Foto und sah nur immer grau und braun, dann allmählich die ersten Umrisse, Farben, alle in einer bestimmten Reihenfolge, die Spur einer erloschenen Bewegung, wie gefroren, als wäre es gar nicht wahr. Es zog sich alles unendlich hin. Manchmal sagte ihr Liebhaber: Ja, so. Sehr schön. So bleibt. Dann wieder wollten die beiden wissen, was auf den Fotos war, welche Details, warum er mit der Kamera nicht näher herankam, sie wollten vor allem Details. Nun macht mal, sagte der Mann. Nadine wollte auf den Fotos sehen, wie es Frank kam, nur diesen Moment, alles aus nächster Nähe, wie das aussah, doch dann verpassten sie den richtigen Zeitpunkt; aus dem Bild wurde nichts. Frank sagte: Gut, jetzt ihr. Na, los. Ich habe Filme genug. Der Mann fragte: Willst du? Na, komm, stell dich nicht so an. Ich glaube, ich habe etwas gut. Die Frau überlegte, was er bei ihr gut hatte, um welche Rechnung es sich handelte, warum sie nicht darauf kam, als habe sie etwas versäumt, eine letzte Frist, als sei sie auf einmal hoffnungslos verschuldet.

Eine Stunde später saß sie mit den anderen in der Küche und hörte sie reden; es waren an die dreißig Fotos. Sie besprachen jede einzelne Aufnahme, die Farben, Lichtverhältnisse, Szenen, die nicht ganz scharf waren, so dass man manchmal auf Anhieb nicht wusste, um welchen Fick es sich handelte. Nadine musste die ganze Zeit kichern, sagte, dass die Fotos nichts wären, sie mache viel bessere, mit ihrer Möse mache sie nämlich Fotos. Ich habe von jedem Fick ein Bild, von jedem Schwanz die Größe, Krümmung, Eichel, Schaft, jede Muskelbewegung, alle Geräusche, tief in mir drin, jede Stelle, die er trifft, wie er mich voll macht. Von allem mache ich ein Bild. Diese Bilder habe ich. Die Frau sagte: Nadine, du spinnst, du hast zu viel getrunken. Für sie war es nur ein Fick, ein Spaß; was blieb schon von einem Fick, fast nichts. Sie versuchte etwas zu spüren, nur weil Nadine es gesagt hatte, ob da etwas war, eine Spur, ein Abdruck, nicht nur die Bilder, flache Schemen, der Geruch von Schweiß. Sie fragte sich, ob es das alles wert war, ob sie dafür lebte. Sie hörte ihren Liebhaber sagen: Hört sich gut an. Von jedem Fick ein Bild. Haben wir auch. Haben wir das nicht auch? Keine Ahnung. Er lachte. Trinken wir auf Nadine. Trinken wir auf eure Mösen. Auch Frank lachte, Nadine und die Frau stießen mit ihnen an. Und was machen wir jetzt? Die Frau hörte sich sagen: Na, Nadine und ich. Warum nicht? Das fehlt noch. Die Männer machen die Fotos. Nadine sagte: He, he, ich mach es doch mit keiner Frau. Sie wollte wissen, wie das war. Hast du schon mal? Für kurze Zeit schien es möglich. Etwas war verlockend, etwas ging zu weit. Nein und Ja. Sie konnten es sich nicht vorstellen. Die Frau saß nur da und trank, spürte, wie sich etwas in ihr ausbreitete, milchig und trüb, sehr angenehm, sie dachte: wie beim Tauchen. Sie stellte sich vor, wie das wäre, in einem See oder Tümpel, alles sehr still und weit, eigentlich leer, aber wiederum erfüllt, umgeben von tausend Dingen, schwebenden Partikeln, die lebten oder längst tot waren, wie Staub in flüssigem Licht.

Einmal musste Nadine aufs Klo, und als sie nicht wiederkam, ging ihr die Frau nach und fand sie heulend auf dem Rand der Badewanne. O Mann, er bringt mich um, er weiß es nicht. Die Frau wollte wissen, welcher Monat. Nadine glaubte, im dritten, Anfang vierter vielleicht. Ja, Scheiße, lass es wegmachen, noch geht es, ich kann's dir nur raten. Wir reden später. Oder soll ich dir sagen, wie es ist? Sie sagte, wie das Leben mit Kindern für sie war. Ich könnte sie umbringen. Eines Tages bringe ich sie um. Nadine versuchte zu widersprechen: Aber sie sind doch süß. Deine beiden sind doch auch süß. Die kleinen Hände, ihre Füßchen, wenn sie laufen, wie sie essen und alles in ihre Münder stopfen, wie sie plappern, mit ihren hellen klaren Piepsstimmen. Ja, Scheiße, sagte die Frau, na klar, so sieht es aus. Sie beschrieb ein paar Szenen, ihren Alltag mit den beiden Kindern, Momente, in denen sie erträglich waren, sie war ganz überrascht, dass es diese Momente gab. O Mann, das auch. Ja, verdammt, na klar, süß sind sie, das ist das Schlimmste. Dass sie es so sah, war schlimm. Dass sie die verdammte Brut überhaupt sah. Ihre unschuldigen, anmaßenden Gesichter. Dass sie rein gar nichts begriffen. Wenn du sie anbrüllst oder kurz wegsperrst, weil du nicht mehr kannst, am Abend, wenn sie nicht schlafen, die Schläge, die du ihnen verpasst, mit der flachen Hand zwei, drei Mal mitten in ihre verdammten Fratzen, all das. Alles Scheiße. Lass die Finger davon. Ich rate es dir. Mach, was du willst. Du musst es wissen. Vielleicht ist es für dich das Richtige. O Mann, keine Ahnung, sagte sie. Nadine begann wieder zu heulen, sie könne mit Frank über all das nicht reden. Er muss es ja nicht erfahren, sagte die

Frau, wart einfach ab, oder mach es weg, an einem Vormittag wenn er nicht da ist, in ein, zwei Stunden, aus und vorbei.

Du musst dich waschen, sagte sie, so verheult kannst du nicht rüber. Ja, ja, sagte Nadine, wie ein folgsames Kind. Sie wusch sich über dem Waschbecken das Gesicht, zeigte ihr Gesicht der Frau, dann gingen sie zurück zu den Männern. Der Liebhaber der Frau wollte wissen, ob etwas nicht in Ordnung sei, aber die Frau sagte: Nein, was soll sein. Wir haben geredet. Über die Fotos. Dass wir das wirklich gemacht haben. Alles sehr komisch. Eigentlich wollte sie sagen: Es ist alles ganz anders, als ich dachte. Sag du. Es war deine Idee, du wolltest es so. Was hast du nun bekommen. Doch der Mann gab ihr keine Antwort, es war ihm ganz egal, vielleicht, weil er dachte: Ja, genau, darauf kommt es an, deshalb machen wir es ja. Kurz danach brachen alle auf, Nadine und Frank, nach einigem Zögern der Mann; er wollte noch einmal zu seinem Wagen. Die Frau beschloss zu bleiben. Zu Nadine sagte sie zum Abschied: Na, komm, vielleicht ist ja nichts, ruf mich die Tage an. Sie gab ihr die Nummer des Mannes, dann die von zu Hause, falls sie dort wäre, hier oder dort. Der Mann küsste sie, bevor er ging. Warst du mal oben auf dem Dach, fragte sie. Er hatte keine Ahnung, wovon sie redete. Der sechste Tag ohne die Kinder. Einmal war sie oben, dann wieder unten. Die üblichen Geräusche, drinnen oder draußen. Eine Stimme im Hof, eine zweite, die sehr laut wurde, das Ticken, die große Wut, die Klagen, nur einen Augenblick, dann war es vorbei. Sie stand eine Weile da, dann schaltete sie den Fernseher ein.

9

◊ DONNERSTAG ◊ Eines Morgens im Juni stand eine junge Frau am Fenster und hielt Ausschau nach ihrem Liebhaber, unten auf einem Parkplatz, wo sie ihn jeden Moment erwartete, mit einem Anflug schlechten Gewissens, weil sie ihn lange nicht hatte gehen lassen, obwohl er spät dran war, eine Stunde über der Zeit. Endlich sah sie ihn kommen, machte sich bemerkbar, während er quer über die Straße zu seinem Wagen ging und stutzte, dass ihn da jemand rief, seinen Namen, zwei, drei Mal, von oben aus einem der Fenster. An der Art, wie er zu ihr hochsah, konnte sie erkennen, dass er wütend war, gab ihm von oben Zeichen, dass sie ihm noch etwas sagen müsse, und rannte so schnell sie konnte auf die Straße, wo er tatsächlich auf sie gewartet hatte, im Wagen bei laufendem Motor, damit sie gleich merkte, er musste wirklich los. Die Frau wollte, dass er sie mitnahm; ihr sei zu Hause immer so langweilig. Der Mann verdrehte kurz die Augen, dann sagte er: Ja, gut, meinetwegen, steig ein. Und damit fuhr er los und begann mit ihr zu reden, wiederholte, wie spät es ihretwegen geworden war, beschrieb ihr seinen Tag, was ihn erwartete, vermied aber jeden Bezug zu den Malen, die sie bei ihm in der Werkstatt gewesen war, in der ersten Zeit, als sie sich kaum kannten. Die Frau, weil sie fürchtete, er könnte sich die Sache anders überlegen, sagte nur Ja und Klar, ganz genau, nein, wirklich, nicht zu fassen, merkte seinen Blick, von der Seite, wenn er sie musterte, wie einen Wagen, der zum Kauf stand, wie viel er wirklich wert war, ob er das Geld auch lohnte. Als sie fast in der Stadt waren, änderte er plötzlich seine Meinung: Eigentlich passt es mir ja nicht, heute ist schlecht, es passt mir überhaupt nicht. Und dann, als sie nicht reagierte: Komm, ich setz dich hier ab, die Idee ist Scheiße, heute nicht. Sie waren schon im Zentrum, in einer belebten Straße mit vielen kleinen Läden, die sie kannte, dort fuhr er an den Rand und wollte, dass sie ausstieg. Das kannst du nicht machen, das ist nicht dein Ernst. Aber ja ist es mein Ernst, oder bist du blöd? Sie versuchte zu widersprechen und dachte an den langen Weg zurück, wie weit sie von zu Hause weg war; den langen Weg zurück wollte sie nicht gehen. Der Mann beharrte darauf; sie weigerte sich. Darauf begann er sie laut zu beschimpfen, verfluchte sie und sich, dass er auf sie gehört hatte, den ganzen Weg zurück bis vor die Haustür, wo er sie hinauswarf, dumm und nichtswürdig, wie sie war.

Wieder in der Wohnung, war ihr alles sehr fremd und unverständlich, als wäre sie lange fortgewesen, dort oben in den Zimmern des Mannes, bei dem sie lebte und der sie mit jeder Geste verhöhnte. Anfangs stand sie nur da und dachte, dass sie gleich wieder fort müsste, sammelte den Zorn, erfasste verschiedene Dinge,

Gerüche, die sie gegen den Mann aufbrachten, warum sie so dumm war, dass sie bei einem wie ihm noch blieb. Sie würde von hier fortgehen und wartete nur noch auf den Moment, in dem es möglich wäre, übte verschiedene Sätze, die sie sagen würde, am Abend, wenn er käme und so täte, als wären sie noch immer dieselben. Sie wollte ihm sagen, wie sie über ihn dachte, dass es ihr Leid tat, der ganze Morgen, jeder Tag, den sie bei ihm gewesen war, warum er nie hörte, obwohl sie ganz voll war, erfüllt mit den ungeheuerlichsten Sätzen. Nach einer Stunde versuchte sie den Mann anzurufen und dann noch einmal nach einer halben, bekam ihn aber nicht an den Apparat, hörte, dass er gar nicht da war, nur am Morgen auf einen Sprung, seitdem sei er fort. Sie hinterließ eine Nachricht und dachte: Du Schwein, wo bist du, ich sitz nur herum, warum bist du nicht da. Sie setzte sich aufs Sofa und schaltete den Fernseher ein, sah aber gar nicht richtig hin, holte sich ein Bier und hoffte auf die Rückkehr des Schlafes, nur ein paar Minuten, damit sie sähe, wie die Dinge wirklich waren, wie nach einer Nacht am nächsten Morgen, klar und deutlich. Gegen Mittag läutete das Telefon. Sie stürzte mit einem Satz hin und hörte eine Stimme, ihren Namen, wie jemand sie anredete, es war aber nicht der Mann. Conny? Bist du's? Wo steckst du? Ja, hier, sagte die Frau, die eine Weile brauchte, bis sie erkannte, dass es ihre Freundin war, woher hatte die Freundin nur die Nummer. Ja, ich bin hier, sagte die Frau. Und die Freundin: Ich hab dich gestern besucht und einen Zettel an die Tür gemacht. Bist du nicht zu Hause? Die Frau gab ihr eine ungenaue Antwort, sie wollte sich gerne verabreden. Die Freundin fragte: Mensch, was ist los, hast du gepennt? Sie erwähnte einen weiteren Zettel, irgendetwas mit der Polizei, der ewige Lärm und die Kinder, die Einzelheiten hatte sie vergessen. Die Freundin lachte, sie schien die Sache nicht besonders ernst zu nehmen. Ach so, sagte die Frau und wollte gleich hin, zu den beiden Zetteln an ihrer Tür, sie wollte alles mit eigenen Augen sehen.

Auf dem Zettel der Freundin stand geschrieben: He, Conny, lass dich mal blicken, oder bist du ausgewandert oder schon tot? Der andere Zettel war sehr groß, ein Blatt liniertes Papier, auf dem jemand sie beschimpfte, in großen schwarzen Buchstaben, sie und ihre verdammte Brut. Sie nahm den Zettel ab und zerriss ihn, dachte über das Wort Brut nach, jedes einzelne Wort, das da geschrieben stand, den mutmaßlichen Zeitpunkt, am späten Abend nach einem Geschrei, oder mitten am Tag, weil die Kinder tobten und alles Klingeln und Klopfen nichts half. Jetzt, am frühen Nachmittag, war alles still. Es dauerte eine Zeit, bis sie es bemerkte, auch wenn man das Ohr an die Tür legte und den Atem anhielt: alles totenstill. Die Frau überlegte, welchen Nachbarn sie den Zettel zutraute: Ja, die und die, das passt, nur weil sie den ganzen Tag zu Hause rumsitzen und nicht wissen, wie das ist, in einer kleinen Wohnung mit zwei Kindern: als hätten kleine Kinder kein Recht. Sie hörte, wie eine Tür ging, und erschrak, wie eine Diebin, versuchte zu orten, woher das Geräusch kam, flüchtete in eines der oberen Stockwerke. Eine Weile saß sie auf der Treppe und wartete auf die Rückkehr der Stille, auch in ihr drin, ein paar Minuten.

Die Freundin empfing sie halb nackt und redete sofort auf sie ein, auf dem Weg zum Schlafzimmer, wo sie seit Stunden alle möglichen Sachen vor dem Spiegel probierte und alles ganz unmöglich fand. Die Frau musste sich aufs Bett setzen und ihr raten, aber ganz ehrlich, ohne jede Rücksicht. Auch über den Körper der Freundin sollte die Frau etwas sagen, die schlimmen Stellen, da und da, die Brüste, ob sie nicht hingen, die Hüften, Beine und Po, ob sie nicht viel zu dick war, wenn sie sich drehte, im hellen Licht, wenn man alles sah, die Frau solle ganz ehrlich sagen. Entsetzlich. Ich sehe entsetzlich aus. Die Frau sagte: Aber nein, du siehst gut aus, alles wie es sein soll, betrachtete mit Neid den schmalen Körper der Freundin, die noch immer fast nackt war und immer neue Sachen aus dem Schrank zog, kurze, bunte Kleider, die der Frau im Leben nicht gepasst hätten und denen man nicht ansah, warum die Freundin sie nicht wollte. Die Sache ging ihr allmählich auf die Nerven. Trotzdem sagte sie: Ja, das ist gut, das auch, noch besser, du kannst sie alle tragen. Doch weil die Freundin das nicht hören wollte, fing sie an, das eine oder andere zu kritisieren, nannte ein Kleid zu eng oder zu weit, hie und da eine Farbe, irgendein Zeug, das glitzerte, dass das zu nuttig sei. Manchmal sagte die Freundin: Na eben, meine Rede, ganz meine Rede. Dann wieder: Meinst du wirklich? Zu nuttig? Das? Wieso nuttig? Zu manchen Kleidern wusste sie Geschichten. Sie nannte Namen, verschiedene Typen, die sie in diesen Kleidern kennen gelernt hatte, was sie den Kleidern verdanke, eine schnelle Nummer auf einem Fest, ein Fick im Wagen, ein Fleck von einem Mann, der nicht rausging oder den sie bewahrte wie eine Trophäe. Je länger die Freundin probierte, desto weniger konnte sie sich entscheiden. Komm, wir gehen los und bummeln, hast du Lust? Ich muss hier raus, ich werde noch verrückt. Etwas widerstrebte der Frau. Sie wollte gerne reden und sagte: Klar, gehen wir. Ob es was zu trinken gebe? Sie brauche erst noch was zu trinken.

In der Straßenbahn auf dem Weg in die Stadt redete die Freundin immer weiter von Klamotten, die sie sich kaufen würde, drei, vier auf einen Schlag, sie habe Geld. Die Frau fragte: Woher? Du bist doch immer knapp. Sie brachte die Sprache auf die Kinder, wollte ihr sagen, dass sie seit Tagen nicht wusste, was sie machten, dass sie sich fürchtete, zu ihnen zurückzukehren. Die Freundin fragte nach dem Mann. Ja, vergiss es, sagte die Frau und erschrak, dass sie vor der Freundin so redete, über den kleinen Vorfall am Morgen, ihre Enttäuschung. Die Freundin schüttelte den Kopf über sie und ihn, in der Werkstatt, wenn sie es miteinander trieben, denn darum ging es doch, du und er, wie in diesen Filmen. Sie redeten über Männer, ihre Vorlieben, dann wieder über Kleider, irgendwelche Fetzen, die man ihnen zuliebe trug, die Gelegenheiten, bei denen sie einem das Zeug vom Leib rissen, die Nummer zwischendurch, wenn man sich gar nicht richtig auszog. Die Frau dachte: Ja, aber so ist es nicht, kam ein zweites Mal auf die Kinder, von denen die Freundin wenig wusste, das ganze Durcheinander. Sie wollte sagen: Seit einer Woche bin ich weg und habe keine Ahnung, was sie treiben. Die Freundin wollte von ihren Kindern nichts wissen. Hast du nichts anderes im Kopf? Bitte verschon mich. Entschuldige, ehrlich, das ist nichts für mich. Mein Gott, wenn ich nur daran denke, die Typen, wenn sie hören, eine Frau mit Kind, oder sogar drei, na vielen Dank. Okay? Sei nicht sauer, okay? Vergiss das alles mal. Lass uns shoppen. Willst du? Sie berührte die Frau an der Schulter und fragte, ob sie es wirklich wollte.

Im ersten Laden kam auf Anhieb nichts in Frage, auch im zweiten und dritten nicht. Sie mussten über eine belebte Straße, ungefähr in der Gegend, in der sie am Morgen mit dem Mann gewesen war. Die Freundin probierte halbherzig zwei Hosen, dann ein helles Kleid, das zu ihrer blassen Haut nicht passte, eine Bluse mit lila Fransen, die völlig unmöglich war, nur weil sie sich gerne umzog und verkleidete, in der Kabine immer ein halbes Dutzend Artikel, über die sie manchmal lachte, über die Blicke der Männer, als wüsste sie Bescheid über die Gesetze, für jede Sorte Mann ein bestimmtes

Teil. Für die Frau hatte sie nur Abfälle. Manchmal sagte sie: Nein, das ist zu blöd, aber für dich, warum nicht. Dann wollte sie, dass die Frau es probierte, sagte Nein oder Vielleicht, na bitte, für mich nicht, aber für dich, warum nicht. Sie redeten noch einmal über Geld, dass die Frau keins hatte, nicht am Ende des Monats, am Ende des Monats war sie immer knapp, sie sagte: wegen der Kinder. Ja, sicher, entschuldige, sagte die Freundin, dass sie das kenne, am Ende des Monats, sie habe im Grunde selber nichts, probierte aber immer weiter, als wäre es gar nicht wahr. Nur einmal hielt sie kurz inne, schaute die Frau an, mit einem mitleidigen Blick, warum alles so war, wie es war. Wenn man bedenkt, dass es nur ein paar Sekunden sind. Für das bisschen Spaß versaust du dir das Leben. Mann, du tust mir echt Leid, in deinem Alter. Alles schon versaut. Die Frau schüttelte den Kopf; das war es nicht, was sie meinte. Es ist nicht so, wie du denkst. Dabei wusste sie selbst nicht, wie es war, mit den Kindern, warum sie sich nicht zurücktraute, was sie von der Freundin erwartete.

Nach zwei Stunden wurde die Frau müde und ließ sich einladen, im obersten Stock eines Kaufhauses in ein Restaurant. Sie holte sich eine Suppe, dazu ein Glas Cola, später ein zweites. Die Freundin packte aus, was sie schon hatte, in bunten Tüten zwei Kleider, verschiedene T-Shirts, eine lachsfarbene Garnitur Wäsche, ein paar Nylonstrümpfe. Nicht alles gefiel ihr, in diesem Licht nahe am Fenster, die Frau musste sie beruhigen und sagen: Aber ja, ganz sicher, Mensch, hör auf, was willst du. Auf einmal spürte sie eine Art Riss, eine Befremdung, die ihr neu war. Die Freundin fragte: Was ist? Wieder die Kinder? Mein Gott, was führst du für ein Leben. Darauf sah die Frau sie an, verletzt, auch verwundert, weil sie an ihre Kinder gar nicht gedacht hatte, als würde die Freundin sie nur immer dazu zwingen, wie das wäre, wenn sie die Kinder nicht hätte, als müsse sie die Brut der Freundin zuliebe endlich loswerden. Auch dieser Gedanke war ihr neu, in ihrem Kopf die Sätze, die Szenen, die sich ineinander schoben, Bilder von schrecklichen Unfällen, etwas mit Steckdosen, im Kinderzimmer, wenn sie sich Plastiktüten über den Kopf zogen, oder draußen auf der Straße zwischen den Autos, wenn sie einfach losliefen, in einem Bruchteil von Sekunden, so dass sie in jedem Fall zu spät kam. Etwas in ihr drin sagte: Nein, nicht, bitte nicht. Dann wieder stellte sie sich vor, wie das wäre, wenn sie auf die Kinder verzichtete, in ein Heim, wenn man sie gäbe, oder zu einer Familie, wie man solche Heime fand, irgendwelche Paare, die darauf warteten; ob sie Kinder wie ihre überhaupt nahmen. Sie wusste keine Antwort. Auch die Freundin wusste keine; sie sah nur immer zu ihr herüber, mit diesem mitleidigen Blick, sie hätten ja noch immer nichts für die Frau. Wollen wir los? Ja, das, ach, egal, sagte die Frau und wollte lieber in die Spielzeugabteilung oder nach unten zu den Kosmetiksachen, am liebsten wäre sie gleich nach Haus.

Bei den Stofftieren wurde die Freundin bald ungeduldig, machte sich über die Frau lustig, über den Mann, wie er das fand, drei Mal die Woche ein Fick mit einem Kind. Die Frau versuchte die Beleidigung zu überhören, stimmte zu, dass die Freundin vorausging, da und da würde sie auf die Frau warten. He, hast du gehört? Die Frau sagte: Ja, da und da, nein warte, ich komm mit, auf einmal voller Scham, dass sie etwas von sich gezeigt hatte, sie und ihre Tiere, als wären Tiere ihr Ein und Alles. Unten bei den Parfüms verabredeten sie ein Spiel. Jeder sollte etwas aussuchen und sagen, welche Typen man damit bekam, mit einem kleinen Spritzer auf den Slip oder zwischen den Brüsten, warum es bei jedem ein bisschen anders roch, am Abend, wenn man den ganzen Tag geschwitzt hatte, im Bett vorher oder nachher, oder einmal im Monat, wenn man blutete. Die Freundin sagte: He, das macht Spaß, komm sag, auf welchen Typ bist du scharf, steckte irgendwann in aller Ruhe etwas in ihre Tasche, aber ganz offen und damit die Frau es mitbekam und wusste, wie sorglos sie jetzt war. Wir haben noch immer nichts für dich. Die Frau sagte, dass ihr das ganz egal sei. Die Freundin glaubte zu spüren, wie enttäuscht sie war. Die Frau sagte: Enttäuscht? Warum enttäuscht? Ich bin okay. Komm, wir gehen nach Haus. Ich will nach Haus. Die Freundin lud sie ein in ihre Wohnung. Habe ich dich wenigstens ein bisschen abgelenkt, fragte sie, aber so, als würde sie es bezweifeln, und weil sie merkte, dass die Frau immerzu an etwas anderes dachte und gar nicht richtig da war, weit weg, in ihrer kleinen Welt mit den Kindern.

In der Wohnung der Freundin, am späten Nachmittag, begannen sie zu trinken. Nach der ersten Flasche kehrte die alte Vertrautheit zurück, die Freundin zeigte noch einmal ihre Beute, probierte die neue Wäsche, legte Musik auf und begann sich zu bewegen, in irgendeinem Rhythmus, wie auf dem Laufsteg ein Model für Wäsche. He, super, ja, genau, sagte die Frau und klatschte der Freundin Beifall, achtete aber auf ihre Gedanken, wie sie das fand, ihre Freundin in dieser Wäsche, mit den Augen eines Typen, als wäre sie auf einmal ein Typ. Es war alles sehr seltsam. Einmal war sie in Gedanken bei den Kindern, dann wieder hier in diesem Zimmer, wo sie sich fragte, was das mit ihr machte, wenn man sie so sähe, die Kinder, wenn sie das alles sähen, jetzt, in diesem Augenblick. Sie fragte sich, ob die Kinder überhaupt noch lebten. Etwas in ihrem Kopf sagte: Was habe ich nur für Gedanken, diese Gedanken will ich nicht denken, sah aber wiederum, was war, in ihrem Kopf, dass die Kinder längst tot waren, jetzt, in dieser Minute, oder vor ein paar Stunden, Tagen, als sie gar nicht an sie dachte. Sie wollte die Kinder auf der Stelle holen. Sie sagte der Freundin, was sie vorhatte, doch die Freundin, weil die Musik so laut war, schüttelte nur den Kopf und lachte, zeigte auf die Anlage, aus der die Musik kam. Dann, als die Frau nicht aufhörte, drehte sie die Musik ab und sah sie entgeistert an. Ob sie wisse, was sie da rede; ob sie verrückt sei. Sie solle sofort aufhören. Die Frau versuchte es zu erklären. Komm, hör auf, das ist nicht wahr, das denkst du dir aus, mach mir keine Angst, so habe ich es vorhin nicht gemeint. Die Frau nannte eine Zahl, die exakte Zahl der Stunden, die vergangen waren; warum es kein Scherz sei. Sie begann zu heulen. Die Freundin wollte wissen, was um Himmels willen in sie gefahren sei, fasste die Frau an und schüttelte sie, als müsse man sie erst aufwecken, dann auf einmal sehr grob, begleitet von den immer gleichen Fragen, ob sie verrückt sei, Mensch, red keinen Scheiß, was soll das, wenn das alles wahr ist, dreh ich durch.

Endlich stand sie auf und ging von der Frau weg, holte in der Küche ein Glas Wasser, das sollte sie trinken und sich besinnen, Mensch, Conny. Die Frau ließ sich alles gefallen, trank ein paar Schlucke von dem Wasser und begann zu lachen, sehr laut und lang, wie eine Irre. Natürlich sei es nicht wahr. Wie könne die Freundin glauben, dass es wahr sei. Dabei stellte sie sich vor, wie es wäre, die Kinder, wenn sie wirklich tot wären, ihre Freunde, wenn sie davon erführen, unten im Hof die Menschen, die Nachbarn, wenn sie alle zusammenliefen und glotzten und es nicht glaubten: unsere Conny. Es sei nur ein Scherz. Fast glaubte sie selbst, dass es ein Scherz war. Es war nicht möglich, nur in ihrem Kopf, weil da etwas war, irgendeine Krankheit, die sie hoffentlich bald in den Griff bekam. Sie erzählte der Freundin von ihrem Kopf; dass es bestimmt nicht wahr sei.

Bist du erschrocken? Sie bat die Freundin um Verzeihung, für ihren Kopf, die schrecklichen Dinge, die in ihrem Kopf waren, sie habe alles aus dem Fernsehen. Aus dem Fernsehen? Mann, ich bin völlig fertig, sagte die Freundin. Deine Geschichte, du machst mich echt fertig. Sie holte eine neue Flasche Sekt und sagte der Frau, wie fertig sie jetzt war, dass das alles kein Spaß sei, nach solchen Geschichten, dass man ihr so leicht nichts mehr glaube. Das sah die Frau ein. Glaubst du mir denn? Die Freundin verstand die Frage nicht. Sie begann zu lachen, gab ihr einen Stoß, mit der Faust in den Bauch. Schließlich sind wir Freundinnen. Ich würde dich nicht kennen, wenn es wahr wäre. Du willst mich nur ärgern.

Dann sprachen sie nicht weiter davon und tranken, lachten, wie nach einem hässlichen Zwischenfall, den sie beide nicht recht begriffen, mit einer neuen Aufmerksamkeit, als würden sie sich fürs Erste heimlich beobachten, empfindlich für die kleinsten Regungen des Zweifels, ob sie sich nach alldem weiter vertrauten. Am frühen Abend, weil sie die Rückkehr des Mannes erwartete, brach die Frau auf. Die Freundin wollte noch einmal wissen, wie es mit dem Mann war, ob sie miteinander redeten, über diesen Nachmittag, ob sie das könnte. Die Frau sagte: Natürlich nicht. Er bringt mich um. Ich und die Kinder. Er will davon nichts hören. Die Freundin sagte: Komm, ich begleite dich. Vielleicht gehst du besser hin und siehst nach. Das hielt die Frau für überflüssig; sie finde den Weg allein. Die Freundin bestand darauf, nur ein kleines Stück, bis vor die Tür, das sei ihr die Frau nach allem schuldig. Die Frau wollte es nicht einsehen. Bist du bei der Polizei? Was soll das? Warum spionierst du mir nach? Die Freundin wiederholte: Nur ein Stück. Damit ich besser schlafe. Und wer ich bin, weißt du genau.

Und so gingen sie ohne ein weiteres Wort zu ihrem Wohnblock, obwohl es der Frau nicht recht war: als sei sie ein unartiges Kind. Vor der Tür zu ihrem Aufgang blieb die Freundin stehen und sah sie erwartungsvoll an. Du gehst jetzt da rein. Ist das klar? Ich warte, bis du da reingehst. Die Frau suchte nach ihrem Schlüssel, versuchte noch einmal zu protestieren, ging kurz rein und wieder raus; die Freundin stand noch immer da. Mach keinen Scheiß. Mensch, Conny, geh da rein. Oder soll ich mit hoch? Das wollte die Frau auf keinen Fall und ging wieder zurück, nach oben in die fremde Wohnung, wo sie eine Weile stand und lauschte, nahe bei der Tür, eine kleine Ewigkeit. Sie zählte bis hundert, dann noch einmal bis fünfzig, hörte sich selbst zu, als wäre ihr jede Zahl ganz neu, hörte mit dem Zählen auf und wartete immer weiter, bis sie glaubte: Die Luft ist rein, ich kann gehen. Vorsichtig, Schritt für Schritt, ging sie bis zum Treppenabsatz, dann die ersten Stufen nach unten, rechnete die ganze Zeit mit der Freundin, hinter einer Ecke, dass sie plötzlich hervorkam und sie beschimpfte, wie eine ertappte Lügnerin, der man kein Wort mehr glaubte.

Zurück in der Wohnung des Mannes, wusste sie lange nicht, wohin. Erleichtert, dass sie der Freundin entkommen war, lief sie von Zimmer zu Zimmer, dachte an den Mann, merkte, dass sie schon wieder wartete, versuchte zu verstehen, woher das Warten kam, in ihrem Inneren die entsetzlichen Gedanken, als könne man sie alle eines Tages ausschalten. Einmal setzte sie sich aufs Bett und beugte sich über ihr Geschlecht, in der Hoffnung, es würde ihr etwas sagen, etwas, was die Dinge vor ihr verbargen, oder der Mann, wenn er es in den Mund nahm und glaubte, dieses verdammte Loch wäre sie, eine Tote, die man zum Leben erweckte, von Zeit zu Zeit, damit sie endlich wüsste, wer sie war. Sie hatte nicht die geringste Ahnung, wer sie war. Sie spürte, sie lavierte seit Tagen nur herum, kam nicht richtig voran, nur immer ein paar Schritte, vor und zurück, irgendwo in diesem Geröll, das sich über ihr bewegte, den ungesagten Sätzen, unter denen sie begraben lag, aber lebendig war, für ein paar Tage oder Stunden, bis man sie hoffentlich fand.

10

◊ FREITAG ◊ An einem Sommertag vor ein paar Jahren saß eine junge Frau weinend auf einer Bank, unten im Hof des Wohnblocks, in dem sie lebte, um die Mittagszeit gegen eins in der größten Hitze. Eigentlich wollte sie zum Baden an den See, aber jetzt weinte sie und versuchte zu verstehen, woher der Schmerz kam, aus was er bestand, dieser pulsierende Klumpen irgendwo in ihr drin, sie dachte: in ihrem Kopf. Als Kind hatte sie manchmal von ihrem Kopf geträumt und gewusst, wie es da aussah, in einem wiederkehrenden Traum (wach, bei geschlossenen Augen), wenn sie unter Druck war, dann konnte sie immer alles sehen, eine braune Masse mit unzähligen Furchen, in denen etwas raste und nicht vom Fleck kam, irgendeine Qual, ein Rätsel, das zu lösen jemand vergeblich sich mühte, hier, vor ihren Augen, und zugleich in ihrem Kopf, der das alles träumte und sie mit seinen Träumen ängstigte. Sie versuchte, wie früher in ihren Kopf zu sehen, aber da war nichts, nur ein bohrendes Wissen, dass es sich nicht lohnte, dumpf und herrisch, auch weiter unten in ihren Eingeweiden, wo etwas an ihr zog und machte, dass sie die ganze Zeit nur heulte. Sie stellte sich vor, wie es wäre, wenn es sie gar nicht gäbe, sie und die Kinder, wenn sie nicht mehr da wären, wie sich das anfühlte, für die Leute, die sie kannten, wenn sie es erführen. Etwas wurde dann auch leicht. Etwas blieb undenkbar. Obwohl man es dachte, blieb es mehr oder weniger undenkbar.

So dämmerte sie dahin. Manchmal schreckte sie auf und musste sich besinnen, wo sie war, merkte, dass sie noch immer auf der Bank saß, wer weiß, wie lange schon. Auch das war neu, das ständige Geheule und die Stunden, die ihr immer wieder mal fehlten, Stunden, in denen sie irgendwohin verschwand und nach einer Weile wieder auftauchte, verwundert, dass es sie überhaupt gab. Irgendwo war sie gewesen und zugleich nicht gewesen. Sie fand, es gab keinen Grund, dass sie so heulte. Trotzdem heulte sie. Sie dachte an die Mutter, den Brief, den sie ihr geschrieben hatte, dann an die Dinge, die ihr fehlten: vor allem Geld, etwas zum Anziehen, der dumme Schlüssel, dann wieder an die Mutter. Alles war sehr hässlich. Wie sie ihr die Kinder immer gleich wegnahm und sagte, sie wären schmutzig, wie kleine Tiere, die sich nie wuschen; jedes Mal. Wie sie sagte: Pfui, sie stinken; sie sprechen gar nicht. Mein Gott, wie soll man sie lieben. Auch daran dachte sie. Einmal kamen ein paar Typen und entdeckten sie auf ihrer Bank, ein Häufchen Elend, das ihnen gerade recht kam, stellten sich vor sie hin und fragten, was los sei, unsere kleine Nutte, was hat sie nur für einen Kummer. Sie sagten: Eine Nutte, die heult, dass es das gibt; drei, vier Typen, keiner älter als achtzehn. Sie begannen sie zu provozieren. Willst du ficken? He, du, was willst du haben, für eine Nummer. Das wollten sie wissen. Die Frau versuchte ihre Fragen zu ignorieren, schaute auch gar nicht zu ihnen hin, aber als einer sie anfasste, sprang sie gleich auf und schrie, spuckte ihm ins Gesicht, ein kleiner dummer Wichser, der es lange nicht glaubte und ihr drohte, überrascht, dass sie das wirklich war, unsere Conny, die heulende Nutte.

Danach war eine Weile nicht klar, in welcher Reihenfolge sich die Dinge abspielten. Sie besorgte sich etwas zu trinken, war auf einmal in der Wohnung des Mannes, dann wieder draußen auf einem der Höfe, als würde sie jemand dort suchen, hatte auf einmal Dinge, von denen sie nicht wusste, woher sie kamen, konnte Dinge nicht finden. Sie verwechselte Orte, die Bilder, die ohne Unterlass an ihr vorbeizogen, aber alle nur einzeln: eine Packung Tabletten, ihr verheultes Gesicht in einem Spiegel, eine Flasche Korn, das Licht, ein Schatten, ihre etwas zu breiten Schenkel, die helle klare Flüssigkeit, die sie auf ihren Schenkeln verschüttete, ganz nackt und elend im Bad ihres Liebhabers, oder in ihren Kleidern ganz nackt und elend, weil sie nie wusste, wo sie sich in diesem Kuddelmuddel befand. Sie lag im Bett, während ein Teil von ihr draußen auf der Bank saß und einen anderen Teil dabei beobachtete, wie er im Kühlschrank nach etwas Essbaren suchte. Manchmal dachte sie: Ich bin überall, zur gleichen Zeit, ich bin zu dritt oder viert. Dann wieder glaubte sie zu wissen, was vorher war und was nachher, wenn sie sich Zeit ließ, als kämen die Zeiten, Orte, an denen sie gewesen war, immer erst mit Verspätung bei ihr an. Sie versuchte, sich weniger zu bewegen, und begann zu warten, wie auf eine Horde trödelnder Kinder, wenn man zu schnell vorneweg lief und erst im Umdrehen bemerkte, was war, ein weit auseinander gezogenes Feld, wie bei einem Radrennen im Fernsehen, aus dem Helikopter die Bilder der Karawane.

Am frühen Nachmittag, als sie halbwegs wieder bei Sinnen war, traf sie den Dicken. Er stand mit ein paar Typen draußen vor dem Paradies und erzählte eine seiner Geschichten, sah sie lange nicht kommen, würdigte sie auch keines Blickes, als sie da war, erzählte wie immer etwas mit Tieren, hinten bei den Teichen die Frösche, die er aufpumpte, wie man das machte. Er beschrieb in allen Einzelheiten, wie lange es dauerte, bis sie platzten, plop plop; wie Luftballons. Die Geschichte hatte sie schon gehört. Die Typen mussten lachten, auch die Frau, der Dicke war zufrieden und nahm sie endlich zur Kenntnis. Was macht das Leben, fragte er. Hi, Steppenhexe, was macht das Leben? Ja, Scheiße, sagte die Frau, weil sie halbwegs wieder bei Sinnen war, wunderbar, alles Scheiße wie immer. Der Dicke sagte: Ich habe Hunger. Kommst du mit? Und da kam sie einfach mit und zog eine Weile mit ihm herum, wie in einem vergangenen Leben, als wäre noch immer alles wie früher. Sie gingen zusammen ins Paradies. Der Dicke kaufte belegte Brötchen, dazu eine große Flasche Cola, bot ihr etwas an, trank im Gehen die halbe Flasche, bot ihr noch einmal etwas an, im Schatten eines Hauseingangs, wo sie sich setzten, da erst trank sie. O Mann, sagte die Frau und sah ihm zu, wie er aß, Bissen für Bissen in einem feststehenden Takt, ohne sichtbare Regung, wie ein Tier. Sie konnte hören, wie er kaute und alles zermalmte, mit einem Gefühl des Befremdens, dass ihn das tröstete, seine Gier, dass er sie so stillte, dass ihm das reichte, seine Experimente mit Tieren und das Fressen. Als er fertig war, faltete er alles zusammen, die leere Tüte, die Serviette, warf alles in einen Papierkorb und kam zurück in den Schatten, wo sie noch immer saß und wartete, sehr matt, auch enttäuscht, dass er so war wie er war, ein fettes böses Kind, das sie nichts anging.

Die Frau wollte noch ein bisschen losziehen, doch der Dicke hatte keine Lust. Auf einmal zeigte er ihr was. Da drüben die Alte, siehst du die Alte? Meine Mutter. Er zeigte auf eine Frau mit zwei Einkaufstaschen, viel älter, als ihre eigene Mutter war, mindestens sechzig. Die Frau sagte: Echt, die? Was ist mit ihr? Willst du nicht hin und helfen? Sie meinte es nicht ganz ernst, aber der Dicke stand tatsächlich auf, gab ihr ein Zeichen, dass sie ihm folgen solle, dann ging er zu der Alten hin, stellte sich ihr in den Weg und fragte nach den Einkäufen. Die Alte musste die beiden Taschen abstellen, darauf wühlte er in den Taschen nach verschiedenen Dingen, fand eine Tafel Schokolade, die er gleich behielt, eine

Tüte Chips, eine Dose Cola; das alles nahm er einfach weg und ließ sie grußlos stehen. He, he, sagte die Frau, so eine Mutter hätte ich auch gern. Aber der Dicke sagte: Verrecken soll sie. Du hast ja keine Ahnung. Hoffentlich verreckt sie bald. Aber warum, fragte die Frau. Weil sie sehr krank ist, sagte er. Die Frau wollte wissen, um welche Krankheit es sich handele, aber der Dicke schien es nicht zu wissen oder wollte es ihr nicht sagen. Die Frau fragte sich, ob sie das könnte, mit ihrer Mutter, wenn sie sich träfen, ob sie sich wünschte, dass sie so bald wie möglich verreckte, ob das etwas änderte. Was für ein Leben das wäre, wenn sie wüsste, der oder der wird in nächster Zeit verrecken, oder sie selbst, wenn sie es erführe, die Zahl der Wochen, die Tage, die ihr noch blieben, wie man dann lebte.

Etwas gefiel ihr daran. Sie hätte gern gewusst, seit wann die Mutter des Dicken so rechnete, ob man das überhaupt tat, am Morgen, wenn man erwachte, ob man dann dachte: Drei Wochen, höchstens vier noch, oh weh, was mach ich nur, vielleicht mache ich es zum letzten Mal. Damit war sie beschäftigt. Sie zählte sich auf, was sie auf jeden Fall noch täte, auch mit wem, was sie schon kannte oder was zum ersten Mal wäre, wen oder was sie noch sehen wollte, welche Freunde, warum sie alle am besten gar nichts erführen. Die ahnungslosen Kinder wollte sie noch einmal sehen, wie sie da saßen und spielten und dachten: Ach so, ach, unsere Mutter, wo warst du, warum kommst du, setz dich hin und schau dir an, was wir gemacht haben. Auf einmal hörte sie den Dicken, wie er fragte: He, Steppenhexe, was ist? Du heulst ja. Warum heulst du? Ja, verdammt, o Mann, sagte sie und wollte vor dem Dicken nicht heulen, ausgerechnet vor dem Dicken. Er redete weiter von seiner Mutter. Manchmal könne er sie sehen, ihren toten Körper, wie sie eines Tages da läge, in ihrem Bett mit geschlossenen Augen, was er dann täte. Ja, was denn, fragte die Frau und wollte nicht wissen, was er dann täte, in seinem Hass, wenn er ihr das Fell über die Ohren zöge, wie bei seinen Tieren, bevor er sie ins Grab legte, das weiche Fell, das er sich behielt: als wäre seine Mutter ein Tier.

Die Sache ließ ihr keine Ruhe. Sie stellte dem Dicken Fragen, seit wann er es schon wisse, was aus ihm werde, wie lange sie noch habe. Der Dicke sagte: Ein halbes Jahr. Keine Ahnung. Egal. Vielleicht mehr, vielleicht weniger. Was ist der Unterschied. Die Frau begann ihn zu kritisieren, warum er nicht ein bisschen nett zu ihr sei, zu einer Toten, was weiß ich, wenn sie doch stirbt, wenn ich das weiß, bin ich doch netter. Der Dicke lachte sie nur aus. Sie habe wirklich keine Ahnung. Aber sie ist doch deine Mutter, sagte die Frau und dachte an die Kinder, wenn sie wüssten, dass sie bald stürbe, wie sie dann wären. Sie musste zugeben, dass sie das nicht wusste, ob sie so wären, wie sie es sich wünschte. Zu dem Dicken sagte sie: He, sie ist bald tot, warum machst du ihr keine Freude. Dem Dicken fiel nicht ein, was das sein könnte; sie solle ihn bloß in Ruhe lassen, er wolle davon nichts hören. Hast du verstanden? Die Frau sagte: Ja, gut, wenn du meinst, dachte aber immer weiter an die Mutter, wie sich das anfühlte, so ein Leben, wenn jeder Tag zählte. Abwechselnd war sie jetzt die Kranke, dann wieder das Kind, das sich vor der Kranken fürchtete, hin und her, als könne sie gar nicht genug davon bekommen, obwohl es doch mehr oder weniger fürchterlich war. Der Dicke wollte zurück ins Paradies, zum Billard mit ein paar Kumpels. Die Frau hatte auf Anhieb keine Lust, aber weil sie nicht wusste, wohin sie sonst sollte, ging sie doch mit und tat, als wäre es ihr nur recht.

Der Dicke wurde schon erwartet. Jemand gab ein Bier aus, kurz darauf ein zweites, dann wurde beschlossen, dass sie mitspielte, sie und der Dicke gegen zwei Brüder. Gleich am Anfang gelangen ihr ein paar unerwartete Stöße, die Typen lachten und nahmen sie nicht besonders ernst. He, Steppenhexe, mach sie fertig, sagte der Dicke und ärgerte sich lange über eine Kugel, die sie nicht weg bekamen, in einem toten Winkel die letzte Kugel. Fast die Hälfte der Kugeln versenkte die Frau. Dabei dachte sie immer wieder an die Alte, dass sie bald sterben musste, spielte eine zweite Partie, dann eine dritte, in der ihr aber kaum noch etwas gelang. Sie verlor den Faden, stellte sich falsch zum Tisch, rutschte mit dem Stab über die Kugel, entschied sich für die unmöglichsten Stöße. Der Dicke, weil sie nun auf einmal hinten lagen, wurde allmählich ungeduldig. Mensch, Steppenhexe, bist du blind? Was ist los? Ich glaube, es ist besser, du lässt es. Komm, hör auf, du versaust uns den ganzen Nachmittag. Er sagte es halbwegs freundlich, sah, dass sie schon wieder zu heulen anfing, ging zu ihr hin und setzte sie erst mal an die Bar. Er bestellte eine Cola mit Rum und redete lange auf sie ein, als wäre sie seine kleine Schwester oder selbst eine Kranke, nur wusste fürs Erste niemand, um welche Krankheit es sich handelte.

Sie begannen wieder zu spielen. Anfangs schaute sie ihnen zu, stand auf und ging hin, achtete sorgfältig auf jeden Schritt, saß wieder an der Bar und hörte weit weg die Stimmen, das unablässige Hin und Her der Kommentare, das Klackern der Kugeln, dort drüben am Tisch oder in ihr drin, wo sich alles mischte, dumpf und wirr irgendein Getöse. Einmal machte der Dicke eine Pause und setzte sich eine Weile neben sie, fasste sie an, kam auf die Sache mit der Mutter, die ganze Scheiße, die er am Hals hatte; wann war das alles nur endlich vorbei. Wieder konnte sie auf Anhieb nicht unterscheiden, was in ihrem Kopf war und was nicht. Sie hatte helle Momente, in denen sie Wort für Wort verstand, was er redete, der präzise Wechsel von Frage und Antwort, was sie vorher wusste, was nachher. Im Grunde ging es die ganze Zeit um die Methode. Wann man am besten Schluss macht, auf welche Weise. Er erklärte, worauf es ankam, wie man es machte, in welcher Reihenfolge, obwohl es die Mutter vielleicht nicht konnte. Die Frau dachte: Um Himmels willen, ich höre gar nicht zu, wie kann man so leben. Zugleich gefiel ihr wiederum etwas daran. Lange war alles mehr oder weniger verschwommen, aber dann, für einen Moment, erkannte sie sich selbst, wie sie da lag (etwas war sehr peinlich daran), mit den Armen unter Wasser, als müsse man sie erst einweichen, unter der dünnen Haut die klopfenden Adern, wie hartes Brot in einer Suppe, als wäre es dann leichter, der erste Schnitt, nicht quer, sondern längs, ganz tief, aber auf jeden Fall längs, wie bei Fischen oder Hasen, irgendwelchen Tieren zum Essen, wenn man sie ausnahm, mit einem langen Bauchschnitt vom Kopf bis zum Schwanz. Das alles sah sie. Der Dicke sagte: So und nicht anders musst du es machen. Du wolltest es wissen. Die Frau schüttelte den Kopf und sagte: Ich? Keine Ahnung. Ja. Ich weiß nicht. Bestellst du mir noch was? Der Dicke fand, sie habe eigentlich genug. Das wollte sie nicht wahrhaben. Sie fühlte sich ganz nüchtern, unter der Wucht der neuen Bilder, die sie verwirrten und zugleich trösteten.

Auch den Dicken, weil er schwieg, versuchte sie jetzt zu trösten. Sie malte sich aus, was ihn erwartete, eines Abends, wenn er gar nicht damit rechnete, warum sie es trotzdem nicht glaubte, seine Mutter, dass sie das könnte. Nein, nein, nie und nimmer, dachte sie, aber in ihr drin hörte sie eine Stimme: Ja, tu's, mach, auf jeden Fall. O Mann, sagte sie und konnte alles sehen, sich selbst in irgendeinem Wasser, wie sie da lag, die dummen entsetzten Mienen der Leute, die sich vor ihr ekelten, weil sie ganz kalt und steif war und glotzte und nicht preisgab, wer sie gewesen war. Sie fragte den Dicken nach dem Vater. Ja, weg, auf Montage. Irgendwo in der Wüste, was weiß ich. Die Frau, weil das zu ihren Gedanken nicht passte, sagte: In der Wüste, echt? In Afrika? Für einen kurzen Moment kam ihr das sehr seltsam vor: dass es Gegenden gab, die sie im Leben nie sehen würde, eine ganze Welt aus Städten, Landschaften, die sie nie sehen würde. Sie versuchte zu entscheiden, was nun weiter mit ihr geschehen sollte, sah einmal die Tote in ihrem Wasser, dann wieder sich selbst in Gedanken an dieser Bar, als bestünde sie schon wieder aus mehreren Personen. Betrunken war sie auch. Einmal stand sie auf und rief: Darf ich mal telefonieren? Ich muss mal kurz telefonieren. Dabei dachte sie: Es ist dumm, ich bin doch tot, meine Mutter ist auch tot. Etwas hatte sie ihr noch sagen wollen, aber dann, als sie die Mutter hörte, fiel ihr nicht mehr ein, was es gewesen war, was sie hatte erledigen wollen, etwas mit den Kindern, wovon es eigentlich abhing, dass sie hinging und sie erlöste. Sie begann wieder zu heulen, riss sich aber zusammen und suchte in ihrem Kopf nach Wegen. Irgendwo am Rande, wo es ganz trüb war, konnte sie etwas erkennen, ein Leuchten, eigentlich mehr ein Glimmern, ein Ding, von dem sie wusste, dass es auf sie wartete, sehr fern, aber wiederum zuverlässig, mit einem Gefühl der Rührung für die Tote in ihrem Wasser, wie sie glotzte, mit einem schiefen seligen Grinsen, der Körper sehr schmal und lang, mit leise schaukelnden Füßen.

Gegen Abend war sie praktisch am Ende. Sie hatte wieder und wieder geheult, an der Bar nach dem x-ten Glas, sie wurde lästig. Der Dicke wollte es nicht länger mit ansehen und telefonierte ein bisschen herum, auf der Suche nach einer Wohnung, in die er sie bringen könnte, damit sie sich wieder beruhigte. Er nannte ein paar Namen, die sie zum Teil kannte, den Namen einer Frau, bei der sich in einer Stunde alle treffen würden, nicht direkt eine Party, nur so zum Spaß ein paar Leute, die sich miteinander die Zeit vertrieben. Der Frau war es ganz egal, sie ließ sich alles gefallen, auch dass man sie gar nicht beachtete, auf einer Matratze am Boden in der Wohnung einer fremden Frau. Sie bekam noch mit, wie verwundert sie war: der Dicke und eine Frau, wie seltsam. Die Frau war in ihrem Alter und hieß Püppi, besorgte ihr ein Glas Wasser, dazu eine Decke zum Schlafen, denn nun sollte sie erst mal schlafen und sich beruhigen. Auch darüber war sie sehr verwundert, dass sie das konnte, hier auf dieser Matratze, warum sie sich gar nicht wehrte, wie ein erschöpftes Kind, wenn es nicht mehr kann und mit offenen Augen einschläft.

Als sie erwachte, hörte sie von nebenan verschiedene Stimmen, der Dicke, wie er lachte, über einen Namen, irgendeine Geschichte, die zu diesem Namen gehörte, es war aber kein Name, den sie kannte. Zögernd stand sie auf und ging zu den Stimmen. Die Frau von vorhin begrüßte sie und brachte ihr wiederum ein Glas Wasser. Hier, nimm, sagte sie und war sehr freundlich, erst musst du trinken. Sie fasste sie an, fast zärtlich, auf eine unangenehme Art, dann erklärte sie die Regeln, etwas abseits von den anderen, als hätte sie für alles einen Plan. Es ist wirklich geil. Man fühlt sich gleich besser. Ich bin Püppi. Hier. Ich schenk es dir. Die Frau, die Püppi hieß, öffnete die Faust und zeigte, was sie hatte, in der flachen Hand verschiedene Tabletten und Kapseln, mindestens zehn, in allen möglichen Farben und Größen, unterschiedliche Sprenkelungen. Ach ja, ach das. Die Frau hatte davon gehört. Eigentlich interessierte es sie nicht. Du siehst fertig aus, echt fertig, sagte Püppi und suchte etwas aus, wieder mit diesem Ton, hielt ihr das Zeug hin und wollte, dass sie es nähme. Die Frau wiederholte, eigentlich interessiere sie das nicht. Wozu soll das gut sein. Ist es gut? Sie wollte wissen, was es mit einem machte, woran man es erkannte, wie es funktionierte. Sie merkte, etwas daran war falsch, eigentlich widerlich, diese komische Schwester, wie sie da stand und sie anfasste, immer mit diesem idiotischen Blick. Sie dachte: Man sollte euch alle umbringen. Ihr seid es nicht wert, zu leben. Wie ich euch hasse.

Dann wartete sie auf die Wirkung: einen Tumult der Seele, ein Signal, dass es bald losging, in der Küche auf einem Stuhl, mitten in dem ganzen Trubel. Hin und wieder kam der Dicke und fragte, ob alles in Ordnung sei, der eine oder andere Bekannte, was sie treibe. Die meisten Leute kannte sie nicht. Ein paar Typen hingen drüben im Wohnzimmer vor der Glotze, aber die meisten standen nur herum und redeten von Dingen, die sie nichts angingen. In der ersten halben Stunde geschah überhaupt nichts. Sie saß nur da und wartete. Dann, nach einer Weile, hatte sie das Gefühl, als ziehe sie langsam etwas nach oben, an beiden Schultern, als wäre dort etwas befestigt, das sie einfach hochhob, mit Haken und Ösen, an dünnen Schnüren und Seilen, die sie sah und zugleich nicht sah, immer ein paar Zentimeter über dem Boden, wie schwebend, als hänge sie an einem Fallschirm, der nie landete. Etwas daran war unheimlich, etwas war sehr angenehm. Sie kam einfach nicht runter. Sie konnte spüren, wie sich etwas beruhigte, in ihrem Kopf eine neue Ordnung, ohne das alte Hin und Her. Es war ganz leicht. Nun, da sie fast alles über sich wusste, war es ganz leicht. Sie sah die Kinder, dann den Mann, sich selbst, wie sie zwischen ihnen hin und her lief, ganz leicht und neu, all diese Gedanken, die aber sehr flüchtig waren, wie glitschige Gegenstände, die immer wieder aus der Hand rutschten, nicht wirklich weit weg, immer in der Nähe, wie ungeborene Kinder, in den ersten Monaten, wenn sie schon lebten und mit ihren Flossen gegen die Bauchwand schlugen, kleine glitschige Monster, denen man das Leben so leicht nicht austrieb. Es war noch dunkel, als sie ging, fast früher Morgen, aber noch dunkel. Sie dachte: Jetzt gehe ich. Ich sehe mir zu, wie ich gehe, den Weg immer geradeaus. Einmal fiel sie hin, stand aber gleich auf und lachte über sich, fand ohne Schwierigkeiten zurück zur Straße, wo sie in einer Telefonzelle ihren Liebhaber anrief. Der Mann hatte schon geschlafen, er war verärgert, dass sie ihn geweckt hatte, wollte sie nicht holen. Sie sagte: Na, komm, ich bin da und da, und legte auf. Dann wartete sie. Es war einer ihrer letzten Abende. Sie dachte: Ach ja, ein Fest, was war im Grunde schon so ein Fest. Eigentlich nichts.

11

◊ SAMSTAG ◊ An einem Samstag Ende Juni stand eine Frau aus F. mit gepackten Sachen in der Wohnung ihres Liebhabers und überlegte, was ihr noch fehlte, worauf sie womöglich für immer verzichtete, wenn sie jetzt wirklich ginge und niemand wüsste, wo sie dann wäre. Sie dachte an die Reisen, die sie gemacht hatte, wie überrascht sie alle wären, vor allem der Mann, wenn er sie nicht mehr hätte. Dabei fühlte sie sich fast unbeschwert, mit einem neuen Sinn für die Dinge, die sie umgaben, das lockere Gemisch aus Sinneseindrücken, die ungefähre Erwartung (obwohl es ihr nicht ganz ernst war), alles sehr mädchenhaft und für sie selbst ungewohnt und neu. Sie trug ein gelbes, verwaschenes Sommerkleid und hatte in ihrem Koffer nur wenige Dinge: ein bisschen Wäsche zum Wechseln, einen Bikini Größe 40, zwei Handtücher, dazu ein Tier aus Stoff, das sie sehr liebte, ihre Sachen zum Schminken, in einer Außentasche die Papiere, ein paar lose Münzen und Scheine. Sie dachte flüchtig an den Mann, bei dem sie sich am Vormittag etwas verdient hatte, dann an den Mann, neben dem sie erwacht war, was sie ihm schreiben sollte, auf einem Zettel ein paar Sätze, mit denen sie sich erklärte; ob er das wert war. Sie erwog verschiedene Formulierungen, beschimpfte und beschwichtigte ihn, als wüsste sie gar nicht, wer er war und was von ihr übrig blieb, wenn sie erst mal weg wäre, aus seinem Leben wie gelöscht.

Sie nahm den 986er in Richtung See, hatte Glück, dass gleich einer kam, setzte sich mit ihrem Gepäck hinter den Fahrer und schaute aus dem Fenster. Dabei sagte sie hin und wieder Sätze, halblaut, für sich. Ja, das. Na, klar. Die eine oder andere Frage: Wofür sind überhaupt Blumen, die Pflanzen, Tiere; das wollte sie schon lange einmal wissen. Die Frau, die Conny hieß, war die Strecke seit Jahren nicht mehr gefahren, versuchte sich zu erinnern, verschiedene Details der Landschaft im hohen Nachmittagslicht, ein Waldstück, ein kleiner Flugplatz, Wiesen mit Blumen und wieder Waldstücke, eine lange gerade Strecke fast ohne Halt, mehr als zehn Minuten lang. Etwas kam ihr bekannt vor, etwas war fremd. Sie bogen nach rechts auf eine schmale kurvige Landstraße, die Frau und ein paar Kinder, junge Mütter in Sommerkleidung, ein paar Männer ohne Begleitung. Noch immer hatte sie nicht die geringste Ahnung, wohin sie wollte. Von einer Minute auf die andere hatte sie gepackt, hatte sich beobachtet, wie sie auf einmal packte und dachte: Ich geh weg. Auf was warte ich. Ich geh weg. Sie hatte keinen Plan, auch kein Ziel, es war nur wichtig, dass sie sich bewegte, auf einer geraden Linie in die entgegengesetzte Richtung. Mittags gegen halb zwei stand sie vor dem Eingang zum Seebad, zahlte Eintritt, ging auf einer langen asphaltierten Straße in

Richtung Wasser, durch einen schmalen Streifen mit Kiefern hinunter zum Strand. Einmal blieb sie kurz stehen und durchsuchte ihr Gepäck, erinnerte sich an einen Gegenstand, der ihr wichtig war und von dem sie nicht mehr wusste, wo er war. Ja, er war da. Nicht dort, wo sie geglaubt hatte. Aber er war da.

Sie suchte nach einer Stelle in der Nähe, sah überall Menschen, Paare, die auf bunten Handtüchern dösten, spielende Kinder am Wasser, an den flachen Stellen, wo die Gefahr gering war, Mütter, die nach ihren Kindern riefen und sie vor den Gefahren warnten; kaum schattige Plätze. Sie zog die Sandalen aus und bewegte sich in westliche Richtung, immer mit ihrem Koffer. Der Sand war sehr heiß. Hin und wieder hörte sie jemanden lachen, in ihrem Rücken, wenn sie schon vorbei war, die amüsierten Blicke, die sie dann trafen und die sie spürte. Endlich fand sie einen Busch; in den schmalen Schatten dieses Busches setzte sie sich, zog sich um zum Baden, unter den Blicken eines Paares, das sie aus der Ferne musterte, ein Junge mit seinem Mädchen, beide braun gebrannt. Der Junge begann zu lachen und rief ihr etwas zu: He, du. Du mit dem Koffer. Dein Tattoo. Dabei deutete er auf ihren Bauch, dann nach hinten, auf seinen Rücken, drehte sich kurz um, damit sie es sähe: auf seinem Rücken in der Nähe der Schulter Rosen und Dornen, dasselbe Motiv. Wieder lachte er. Auch die Frau musste lachen, ging aber nicht hin, obwohl es aussah, als wäre es möglich. Sie wollte ein letztes Mal schwimmen. Das Wasser war angenehm kühl und seidig, als gebe sich das Wasser Mühe. Etwas hüllte sie ein, sehr groß und zugleich fasslich, wie ein Kleid, das bei jeder Bewegung passte, je nach Bedarf kühl, aber auch wärmend; als wäre alles ganz richtig, nur für sie. Sie schwamm ein paar Züge hinaus, mit offenen Augen unter Wasser, ob da etwas war, das sie nicht kannte, dann wieder zurück ans Ufer, wo sie eine Weile liegen blieb, halb im Wasser, halb an Land, als müsse sie sich erst noch entscheiden.

Später saß sie lange da, mit angezogenen Beinen und den Zehen im Sand, wie eine Touristin. Etwas wollte weg und zog an ihr, aber sie war zu schwer, als wäre es schon das Glück, dass sie hier saß und wusste, dass es auf ein paar Stunden nicht ankam. Die unumstößliche Dramaturgie der Reise. Diese neue entspannte Art, empfindlich zu sein. Wie alles verblasste, was gewesen war. So saß sie lange da. Vom Wasser und den weiter hinten gelegenen Wegen hörte man hin und wieder Stimmen, auch Stimmen von Kindern, alles sehr gedämpft, ohne genaue Bedeutung, als beträfe sie nur das, was gerade war, in ihrer unmittelbaren Nähe. Irgendwann kam der Junge mit den Rosen und wollte sich setzen. Dieses Tattoo, das sie beide hatten. Wer sie sei. Auch das Mädchen kam und setzte sich, sie brachte etwas zum Trinken. Die Frau versuchte ihnen zu sagen, wer sie war. Der Junge und das Mädchen kamen aus der Gegend, ein Kaff in der Nähe, Bruder und Schwester. Auf ihre Fragen gab sie bereitwillig Antwort, halb hielt sie sich an die Wahrheit, halb log sie. Sie komme gerade aus F., lebe aber in D. So klingst du aber gar nicht, sagte das Mädchen, du klingst, als wärst du wie wir von hier. Die Frau nannte Gründe, warum sie so klang, erzählte Bruchstücke aus ihrem Leben, dass sie Blumenverkäuferin gewesen sei, ihre Wochen und Monate in einer Drückerkolonne, alles ohne genauen Zusammenhang, ein Gespinst aus Lügen, das den beiden nicht weiter auffiel. Sie erwähnte ihre Reisepläne. Das Mädchen und der Junge boten an, sie mitzunehmen. Sie hatten einen Wagen. Eigentlich gehörte er ihnen nicht, er war nur geliehen, frühestens am Abend würden sie fahren.

Der Junge redete immer weiter über Tattoos, das Mädchen wollte endlich ins Wasser und danach ein Eis, drüben am Steg bei den Booten. Ob sie mitkäme. Die Frau sagte ja, dann nein, als müsse sie sich doch hüten. Als sie fort waren, packte sie schnell ihre Sachen und lief weg, in die andere Richtung, erst nah am Wasser, dann über einen kleinen Abhang hinauf zu den Wegen, von denen sie nicht wusste, wohin sie führten. Wieder fiel sie auf, auch weil sie rannte, irgendeine Verrückte mit einem Koffer in dieser Hitze. Auf halbem Weg entdeckte sie in der Menge ein Gesicht, das sie kannte. Auch das Gesicht erkannte sie, eine Stimme, die sie laut begrüßte. Die Frau blieb sofort stehen, dann hörte sie etwas klopfen, kleine Kinder mit Löffeln hinter den Scheiben irgendwelcher Fenster, lustige kleine Kinder. Sie hörte die Stimme sagen: Vor ein paar Tagen, ja, doch, es war sehr lustig. Die Frau hörte sich antworten, mit neuen Lügen, die erklärten, warum sie von diesen Löffeln nichts wusste, wohin sie wollte, jetzt, auf der Stelle; sie habe es sehr eilig. Schon rannte sie weiter, nicht ganz sicher, ob sie vielleicht nur träumte, diese Stimme, von wo sie gekommen war, als könne sie Stimmen fürs Erste nicht mehr richtig orten. Sie erreichte einen großen Parkplatz und fragte verschiedene Leute, wohin sie fuhren. Es kam nicht darauf an. Wollte einer wissen: Na gut, aber wohin, nannte sie die Stadt, aus der er war, schaute auf das Kennzeichen und sagte, in diese oder jene Stadt oder in die Nähe möchte ich. Nicht alle Kennzeichen kannte sie. Es gab Bedenken, unfreundliche Worte, auf die sie wiederum kaum achtete.

Eine Frau nahm sie mit, dann ein Mann. Die Frau redete nur das Nötigste, aber der Mann, der im Alter ihres Vaters war, stellte ihr allerlei Fragen, betrachtete sie lange von der Seite und nannte sie ein seltsames Ding. Aber wieso, fragte die Frau. Der Mann sagte, er könne es riechen. Ich weiß nicht, was es ist. Aber komisch bist du. Sie hatte ihn angesprochen, in einer Tankstelle am Rande einer Stadt, sie glaubte Richtung Westen, keine fünfzig Kilometer von F. Er hatte keine Sekunde gezögert, setzte sie in seinen Wagen und begann mit den Fragen, merkte sich alle Antworten, bestimmte Stellen, die sich widersprachen, die rohe Technik der Lüge. Und was willst du nun? Die Frau erklärte, was sie wollte. Sie müsse ein paar Tage weg, an irgendeinen Ort, etwas erledigen. Der Mann sagte: Wegwerfen. Du willst etwas wegwerfen. Darauf sagte sie: Nicht ganz, ja, vielleicht, sie wisse es selbst nicht. Dann schwiegen sie. Die Frau dachte: Hoffentlich nimmt er die Autobahn, auf der Autobahn geht es ganz schnell, in zwei, drei Stunden bin ich da oder da. Der Mann erwähnte den Namen einer Stadt; in diese Stadt bringe er sie. Sie sagte: Ach so, das ist gut, dann erst merkte sie, es war die Stadt, aus der sie kam, sie fuhren zurück nach F., genau in die Richtung, aus der sie gekommen war. Die Frau dachte: Oh nein, es ist nicht wahr, ließ sich aber nichts anmerken und tat, als wäre ihr F. gerade recht. Der Mann erklärte, was er vorhatte, schon morgen müsse er wahrscheinlich wieder los, er habe ein Büro, dazu ein kleines Zimmer, dort könne sie erst mal bleiben. Etwas war ganz falsch, das Büro und dieses Zimmer, warum sie ihm das alles nicht richtig glaubte, obwohl es doch ganz egal war, Hauptsache, sie musste nicht nach Haus. Sie las auf den blauen Tafeln die vertrauten Namen, den Namen der Stadt, doch als wäre sie ihr auf einmal fremd, irgendeine Stadt am Fluss, in der sie sich nicht auskannte.

Der Mann parkte den Wagen auf einem großen Platz nicht weit vom Fluss und stellte von neuem Fragen. Wie sie überhaupt heiße. Ob sie hungrig sei. Was sie jetzt vorhabe. Etwas erinnerte sie an ihren Vater, seine Art zu fragen, die unerschöpfliche Geduld, die er zur Schau trug, dieses Stochern in ihren Wünschen. Die Frau tat, als überlege sie, dann begann sie ihn zu duzen (als wäre er tatsächlich ihr Vater): Ja, zeig mir die Stadt, okay, zeigst du mir eben die Stadt. Der Vater zählte auf, was er von der Stadt wusste, und führte sie weg vom Fluss ins Zentrum, ließ sie mehr oder weniger in Ruhe, zeigte nur hin und wieder auf ein Gebäude, ein Denkmal, verschiedene Geschäfte, vor denen sie stehen blieben, Kirchen und Plätze, deren Namen sie sofort vergaß; fast eine Stunde lang. Manchmal dachte sie: Ich bin verrückt, was will ich von diesem Mann, ich vertrödle meine Zeit. Oder sie dachte: Alles, was ich sehe, ist ohne Bedeutung, ich gehe durch eine x-beliebige Stadt. Sie erinnerte sich an ihren Plan, gegen Mittag, als sie aufgebrochen war, ob er noch galt. Der Mann, der Vater, redete von seiner Wohnung. Brauchst du Geld? Wie viel brauchst du? Ich geb es dir. Er holte sein Portemonnaie aus der Hosentasche und überlegte, welche Summe, nicht sehr lang, ein paar Scheine. Sie versuchte, nicht hinzusehen, bekam aber mit, wie er etwas mit den Scheinen machte, die kleinen Schiffchen, die er aus ihnen faltete, drei lustige Schiffchen in unterschiedlichen Farben.

Danach nahm er sie mit in sein Büro, zwei kleine Zimmer zur Straße, in denen es kühl und dunkel war. Sie sah einen Schreibtisch mit Telefon, eine leere Schrankwand, dahinter in einem zweiten Raum ein Sofa und zwei Sessel, einen alten Fernseher. Die Frau fragte: Und hier lebst du? Was arbeitest du denn? Sie konnte sich nicht vorstellen, was für eine Arbeit das sein sollte. Der Mann redete von irgendwelchen Geschäften, er wolle sie nicht langweilen. Im Grunde sei er die meiste Zeit unterwegs, oder er sitze hier am Telefon, schreibe Berichte. Alles, was er sagte, klang tatsächlich sehr langweilig. Für sie gehörten zur Arbeit die Dinge, irgendwelche Werkzeuge, die man auch sah, die Spuren, die sie hinterließen, Gerüche und Geräusche, ein kleiner Schnitt in den Finger, oder am Abend der Dreck auf der Haut, wenn man ihn gar nicht weg bekam, ein müder Körper, der sich nur langsam erholte, auch der Wille, bis zum nächsten Morgen, wenn alles wieder von vorne begann. Sie dachte an die Arbeit des Mannes, den sie verlassen hatte, die Stunden in seiner Werkstatt, ihre eigene Arbeit mit den Kindern, warum sie in der Regel gar nicht bemerkte, dass das alles Arbeit war, wann sie anfing, wann sie aufhörte, mit den Männern, wenn sie gar nicht wussten oder so taten, dann war das ja wohl eine Art Arbeit. Sie fragte sich, was sie gerade tat, jetzt, in diesem Augenblick, ob das Arbeit war. Es war noch nicht ganz heraus. Doch auch das gehörte zu ihrer Arbeit, die richtige Dosierung des Tempos, das Schweigen und das Fragen, mit denen sie dem Mann auf die Sprünge half, die ganze Apparatur der Wünsche.

Sie fragte den Mann nach der Bar. Was hast du in deiner Bar? Der Mann fragte: Bar? Er habe nur irgendwo eine Flasche Wodka, leider. Die Frau setzte sich in einen Sessel und wartete, bis die Flasche kam; sie war nicht besonders kalt, aber halb voll, besser als nichts. Sie stieß mit ihm an, fragte nach seinem Namen, sagte ihm ihren, irgendeinen Namen, der ihr gerade in den Sinn kam; der Name gefiel ihm. Sie wollte wissen, was nun. Willst du ficken? Oder was willst du? Darauf sah sie der Mann an, sehr überrascht, als denke er es selbst zum ersten Mal, hier in diesem Loch, ob er das wollte, er und dieses junge Ding. Er schien zu überlegen, sehr lang, sah sie die ganze Zeit an, zwei, drei Minuten. Endlich stand er auf und verließ das Zimmer. Die Frau dachte: Er geht nur kurz weg, weil er sich wäscht oder etwas holt, eine Decke, ein Laken oder, weil er mich nicht kennt, einen Gummi. Doch dann hörte sie im Nebenzimmer seine Stimme, am Telefon, wie er auf einmal mit jemandem redete, in einer Sprache, von der sie kein Wort verstand, nur am Klang das Hin und Her von Frage und Antwort, mit einem beschwichtigenden Ton, sie dachte sofort: Seine Frau. Etwas in ihr war erleichtert, auch verärgert, weil sie sich getäuscht hatte, oder der Mann, als nehme er sie nicht ganz ernst. Sie versuchte sich zu sehen, wie der Mann sie gesehen hatte, in diesem Zimmer, wo niemand sie vermutete, wie sie da saß und nicht wusste, was sie hier sollte.

Der Mann, als er zurückkam, tat, als wäre nichts gewesen. Er schien erfreut, dass sie noch da war, wiederholte sein Angebot für die Nacht, Neuigkeiten hatte er auch. Schon morgen früh fahre er nach D., wirklich sehr früh, spätestens um sechs, sie könne gerne mit. Morgen früh?, fragte die Frau und war erstaunt, er und sie in einer anderen Stadt, weit weg, dass sie das noch immer konnte: einfach weg. Sie wolle sich die Sache überlegen, ja, doch, warum nicht. Dabei dachte sie: Was um Himmels willen soll ich in D., oder am späten Abend, wenn er kommt, auf dem kleinen Sofa, wenn kein Platz ist. Ja dann, sagte sie, und der Mann sagte, ja dann, bis später, falls du noch da bist. Die Frau hätte am liebsten gesagt: Wollen wir wetten? Die Wette verlierst du. Sie wollte ein bisschen schlafen oder vor den Fernseher, in Gedanken an die bevorstehende Reise, am frühen Morgen in einem Café mit ein paar Postkarten, auf denen sie schrieb, wie es für sie war, dort, in dieser Stadt; dass sie so bald nicht käme. Halb wollte sie das, halb glaubte sie nicht daran, dachte auch nie weiter als in dieses Café, auf einem großen Platz im Halbschatten, in ihrem Kopf irgendwelche Bilder aus der Glotze, die auf eine wie sie nicht zutrafen. Ein paar Mal klingelte das Telefon, in kurzen Abständen, als der Mann längst fort war. Einmal ging sie hin und hörte eine Stimme, in der fremden Sprache des Mannes, fünf, sechs Mal hintereinander immer dieselbe Frage, in allen möglichen Schattierungen, anfangs sehr zärtlich, dann beim dritten und vierten Mal eher weinerlich, mit langen hilflosen Pausen, in denen fast gar nichts mehr war, nur ein Atmen, weit weg, am anderen Ende der Leitung, entsetzliche Stille.

Als sie am frühen Abend auf die Straße trat, war sie überrascht, wie wenig Zeit vergangen war, denn es war noch immer sehr hell und warm, unten am Fluss, wo sie eine Weile blieb, auf einer Mauer mit angezogenen Füßen. Alles war ganz neu, der weite Blick über den Fluss, am anderen Ufer die fremde Stadt, die große Brücke, die zugleich die Grenze war, die badenden Kinder unten an den Treppen, obwohl das Baden streng verboten war. Sie dachte an den Mann, in dessen Wohnung sie gewesen war, dann auf einmal an die Kinder mit ihren Löffeln hinter den Fenstern, wie sie aus Spaß mit ihren Löffeln klopften, dunkle schmale Löffel aus Holz, woher hatten sie nur die Löffel. Sie hatte seit Tagen nicht mit ihnen geredet, deshalb sagte sie ihnen, wo sie gerade war, warum und weshalb, dass sie bald käme, stand auch wirklich auf und ging los, vom Rand in die Mitte, dort, wo sie glaubte, dass die Mitte wäre. Sie orientierte sich am Licht, suchte die hellen Stellen, wechselte mehrfach die Straßenseite, wenn es ihr zu schattig war, entwickelte eine Art Spiel, achtete auf Bäume, Sträucher, Laternen, die Schatten, die sie warfen; um all das machte sie so gut es ging einen Bogen, nahm zum Teil beträchtliche Umwege in Kauf, die kleinen Niederlagen, wenn sie nicht weiterkam und die von ihr erfundenen Regeln verletzte. Sie musste etwas essen. Bei McDonalds an der großen Kreuzung hatten sie draußen Tische und Stühle, dort setzte sie sich hin, zählte ihr Geld, in einer Tasche die bunten Scheine des Mannes, der wie ihr Vater war; von diesem Geld kaufte sie sich etwas. Wieder setzte sie sich danach an eine Stelle, wo es noch hell und sonnig war, an einen weit entfernten Tisch, in Gedanken an den Mann, der sie womöglich schon suchte, obwohl sie noch gar nicht lange fort war, wenn er sie fände, wie sie es ihm erklärte, warum sie an die Reise nicht länger glaubte, oder wenn er lästig wurde, mit welchen Sätzen sie ihn abfertigte. Im Grunde glaubte sie nicht daran. Sie war ihm nichts schuldig, er ihr auch nicht. Es waren nur ein paar Tische. Sie suchte sie immer wieder ab, auch die Straße, links und rechts, die Richtungen, aus denen er kommen konnte, dabei war er wahrscheinlich noch gar nicht zurück und stellte sich nur immer vor, was wäre, das junge Ding ganz allein in seiner Wohnung, bei seiner Rückkehr, was dann alles wäre.

Als sie gerade gehen wollte, entdeckte sie den Jungen. Sie dachte: Ach, der Junge, schau an, was macht er hier in der Stadt, er war doch am See, der Junge mit dem Tattoo, wo hat er seine Schwester. Sie schaute kurz weg, dann wieder hin, unschlüssig, ob sie zu ihm gehen sollte, dann entdeckte sie auch der Junge und wusste auf Anhieb, wer sie war: die komische Frau vom See. Der Junge begann zu winken, sehr freundlich und einladend, als würde er sich gar nicht wundern, sie zu treffen, dass sie gar nicht weg war. Ja, hallo, sagte er, und die Frau: Ja, hallo, so ein Zufall. Sie fragte nach der Schwester. Der Junge begann zu lachen, erklärte aber nicht, wo sie war, stellte der Frau Fragen, warum sie weggelaufen sei, was für ein schöner Tag am See das war, wie im August. Die Frau hörte sich alles an, froh, dass es ihm auf genaue Antworten nicht ankam, erfand eine Geschichte, warum es mit der Reise vorläufig nichts wurde. Es war nicht schlimm. Die Reise konnte warten. Überhaupt alles konnte warten; auf den Zeitpunkt kam es nicht an. Der Junge fragte nach ihrem Tattoo, seit wann sie es hatte; er interessierte sich nur für Tattoos, was er sich noch alles machen lassen würde, welche Motive, auf dem Rücken, seinen Armen, am liebsten den ganzen Körper, wie sie das fände. Die Frau musste ihm noch einmal alles zeigen, um den Bauchnabel die roten Rosen, wie sorgfältig das gemacht war, die feinen Striche, Punkte, die Farben, ihre Schattierungen, kleine Unterschiede in der Art, wie die Linien geführt waren, über all das konnte er sich minutenlang auslassen. Die Frau sagte: He Mann, du kennst dich aus, dabei war er ihr sehr fremd, und weil er ihr so fremd war, mochte sie ihn. Er wollte wissen, wo sie wohnte; ob das weit sei. Die Frau dachte: Ich könnte ihn fragen, ob er mitkommt. Aus der Reise wird nichts. Warum frage ich ihn nicht. Sie erklärte, in welchem Teil der Stadt sie lebte, die ungefähre Richtung, mit dem Wagen keine Viertelstunde. Er war gleich einverstanden.

Auf dem Weg zum Wagen kauften sie noch ein paar Getränke, dann fuhren sie los. Die Frau beschrieb ihm den Weg, dann die Wohnung, in der sie lebte, abwechselnd ihre eigene und die des Mannes, verschwieg ihm aber die Kinder, die genauen Umstände, unter denen sie lebte. Der Junge fragte nach einem Freund. Die Frau, weil sie von ihren Männern so nicht dachte, sagte: Einen Freund? Ja, nein. Ich lebe mit einem Mann, noch nicht lang, seit ein paar Monaten. Gegen sieben kamen sie an. Sie sah ihre Stadt, die Siedlung, die sie vor Stunden verlassen hatte, nackt, aber weniger erbärmlich, im Licht des frühen Abends. Ja, hier, da drüben, sagte die Frau und lotste ihn auf den Parkplatz vor ihrem Block, wo auch der Wagen ihres Liebhabers stand, nur ein paar Meter weiter weg. Erst in diesem Moment wurde ihr klar, dass es nicht möglich war. Der Mann würde es nicht wollen, halb wollte sie es selbst nicht, es war nicht möglich. Die Frau und der Junge stiegen aus, sie bat ihn, kurz auf sie zu warten. Sie ging über die Straße und dann gleich wieder zurück zum Wagen, wo sie ihm erklärte, dass es nicht möglich war. Sie versuchte es zu begründen, sie habe zwei kleine Kinder, zwei Jungs, nur deshalb. Aber warum? Das ist doch lustig, zwei Jungs, Kinder sind super. Die Frau begann zu lügen, ihre Kinder seien beide sehr krank, sie lägen mit hohem Fieber im Bett, eine ansteckende Krankheit. Na, komm, das glaubst du selbst nicht, sagte der Junge. Was ist los, warum lügst du? Schließlich war es deine Idee. Dann fiel ihm nichts mehr ein. Es war klar, er wusste, dass es eine Lüge war, man konnte es sehen. Er stieg zurück in den Wagen, als könne er es noch immer nicht glauben, wie sehr sie ihn getäuscht hatte, diese kleine Lügnerin, hätte man ihr nur von Anfang an kein Wort geglaubt.

12

◇SONNTAG◇ An einem Sonntag im Sommer betrat eine junge Frau die Wohnung ihres Liebhabers, am frühen Abend, nachdem sie den ganzen Tag beim Baden gewesen war, erfüllt von der Wärme des Tages, satt und träge. Einen Augenblick musste sie sich besinnen, wo sie war, wie nach einer längeren Reise, wenn man zurückkommt und nicht glaubt, dass die Dinge so sind, wie sie sind, nichtssagend und fremd. Der Liebhaber war nicht da. Sie hatte an ihn gedacht, den ganzen Nachmittag am See, immer wieder, während sie schwamm, oder im Sand, wenn sie sich lange nicht regte und spürte, wie ihr Körper sich aufheizte, diese diffuse Geilheit, die sie aus Gewohnheit mit dem Mann verknüpfte, ohne zu wissen, wohin sie sich so schnell verflüchtigt hatte, im Bus auf dem Weg nach Haus, sie hatte gehofft, das bliebe. So kam sie an. Sie warf die nassen Badesachen in eine Ecke, sah in der Küche das Geschirr vom Morgen, im Schlafzimmer das ungemachte Bett, aber so, als ginge es sie gar nichts an. Obwohl sie den Mann noch gar nicht erwartete, öffnete sie das große Fenster zum Hof und setzte sich dort hin, mit angezogenen Beinen ins offene Fenster, als wolle sie sich ihm gleich zeigen (obwohl sie innerlich ganz kalt war), als wäre sie nur für ihn. Eine Weile saß sie da und beobachtete das Treiben der Kinder, unten im Hof das Kommen und Gehen, begutachtete ihre Beine, wie braun sie schon waren, auch auf der Innenseite der Schenkel, für Mitte Juni war sie tatsächlich ziemlich braun. Sie dachte an die zurückliegenden Stunden am See, redete ein paar Sätze mit sich selbst, halblaut vor sich hin, als wäre etwas vorbei, wie am Ende des Sommers, wenn man spürt, etwas geht vorbei, dabei hatte der Sommer gerade begonnen.

Sie saß im Fenster und wartete auf den Mann. Später fiel ihr ein, dass sie etwas vergessen hatte, und ging zurück ins Bad, um es zu holen. Auf dem Weg zur Bushaltestelle hatte sie ein goldenes Kettchen gefunden, auf dem sandigen Boden zwischen den Kiefern ein dünnes Kettchen mit einem Herz als Anhänger, das unter den nassen Sachen war. Sie nahm es mit zum Fenster und probierte den Verschluss, ob er richtig einschnappte, ob das Kettchen lang genug war, probierte es links und rechts und wieder links, oberhalb ihrer Knöchel, als wäre es das erste Mal, dass sie sich dort sah und anfasste, die gespannte Haut über den beiden Knochen innen und außen, sie dachte: eine Stelle, die nie alt würde. Sie versuchte sich vorzustellen, wie es wäre, wenn sie eines Tages alt wäre, ob sie das wollte, inwiefern man an bestimmten Stellen immer ganz jung blieb, welche ihr einfielen, unter den Haaren am Kopf bestimmte Stellen, in der Kniekehle die Haut, wenn man sie spannte, das eine oder andere am Ohr. Sie war sich nicht sicher, ob es solche Stellen gab. Bei den Kindern gab es solche Stellen, aber weil sie noch jung waren und weich, im Gesicht, wenn man sie streichelte, Arme und Schenkel, beim Wickeln der Po, wenn sie wund waren. Sie wusste genau die Gerüche, nach dem Baden, wenn man sie in ein großes Handtuch wickelte, oder am Morgen, wenn sie kamen und sie berührten, ihre Küsse im Bett, obwohl sie noch gar nicht richtig wach war. Man konnte nicht anders, als sie lieben. Man war verdammt dazu, auch wenn sie stanken, man war verdammt dazu. Sie dachte an die Dinge, die eklig an ihnen waren, der ewige Rotz, der Sabber, alles, was feucht und schleimig war, der widerliche Geruch der Windeln, im Schlaf ihre offenen Münder, ihre Schwänze, wenn sie manchmal hart wurden und die sie mit großen Augen anstarrte, mit den Augen irgendwelcher Mädchen, die das alles eines Tages so sehen müssten, in ein paar Jahren beim ersten Fick, in einem Zimmer ihre beiden Söhne, wenn sich alles wiederholte.

Der Mann, auf den sie die ganze Zeit gewartet hatte, kam gegen sieben, schräg über den Hof, als habe er es sehr eilig, schaute kurz hoch und entdeckte sie, wollte wissen, was sie da mache, in seinem Fenster, was das solle. Sie hörte ihn etwas sagen, nicht eben freundlich, als würde er sich schon wieder über sie ärgern, trotzdem blieb sie, wo sie war, wartete, bis die Tür ging, hörte ihn wiederum etwas sagen, wahrscheinlich, weil er dachte, sie käme gleich gelaufen, aber sie kam nicht.

Eine Zeit hörte sie gar nichts, dann, wie er in der Küche fluchte, darauf rief sie seinen Namen: Hier, ich bin hier, im Fenster, als wäre es noch immer eine Überraschung. Endlich stand er in der Tür und sah sie missmutig an. Sie zeigte ihm das Kettchen, erzählte von ihrem Nachmittag am See und wie sie das Ding gefunden hatte, wollte, dass er kam und sich alles ansah, auf ihrer Haut, die schon ganz braun war, das schöne goldene Kettchen. Dem Mann missfiel etwas daran. Sie wollte den Grund nicht sehen, auch als er sie kritisierte und sagte, so ein Leben möchte ich haben. Er machte eine Bemerkung über ihr Kettchen, ihre Beine, dann aus heiterem Himmel zur vergangenen Nacht, nur ein paar Sätze über den letzten Fick, mit denen sie nicht rechnete, böse, gemeine Sätze. Sie dachte an den Fick und sah keinen Zusammenhang. Es war nicht wahr. Worum es sich auch handelte, es war nicht wahr. Sie wartete auf eine Erklärung, wollte wissen, was mit dem Fick war. Er gab keine Antwort. Er müsse noch einmal runter zum Wagen, erklärte er und ging weg. Ja, klar, mach, ich bin hier, sagte sie und hörte, wie er die Tür hinter sich zuschlug, sehr laut und ungehalten. Sie hätte gern verstanden, was eigentlich los war, aber da war nichts, nur ein dumpfes Pochen, die Wirkung der Worte, irgendwo in ihr drin, die unverständliche Wucht der Attacke.

Nach einer Weile stand sie auf und ging in die Küche. Sie räumte Teller und Tassen weg, ließ heißes Wasser zum Spülen ein, machte drüben das Bett, spülte und begann abzutrocknen, dann, als er einfach nicht kam, verlor sie die Geduld und sah es nicht länger ein. Wieder und wieder dachte sie an die Nacht, suchte nach einem Zeichen, ob da etwas war, irgendein hässliches Detail, eine Unaufmerksamkeit, ein Wunsch, den zu erfüllen leicht gewesen wäre, den sie aber übergangen hatte, der plötzliche Ekel. Sie schüttelte den Kopf: Nein, da war nichts. Dann wieder dachte sie: Oder doch? Sie ging weiter zurück, versuchte sich zu erinnern, wie es die Male davor gewesen war, ob sie etwas vergessen hatte oder nicht wissen wollte, der Anfang irgendeines Unglücks, wie über ein schweres Rätsel, oder früher in der Schule, wenn sie rechnen sollte und auf die einfachsten Lösungen nicht kam, das dumme blonde Ding, das in allem nur immer irgendwie stocherte. Einmal hörte sie ein Geräusch an der Tür und fürchtete sich vor dem Mann, doch als er endlich kam, tat er, als wäre alles in Ordnung. Er wollte etwas essen, zeigte ihr, was er hatte, ein ganzes Huhn, Gemüse, eine Packung Nudeln. Kannst du das machen? Und sie, weil sie spürte, davon hinge nun alles ab: Ja, klar, warum nicht, ich mach das. Etwas in ihr wollte sagen: Ich weiß genau, was ist, du kannst es mir ruhig sagen (obwohl sie keine Ahnung hatte), dann haben wir es hinter uns.

Beim Essen schien noch einmal alles gut zu gehen. Obwohl er sie merken ließ, dass ihm das Essen nicht schmeckte, sagte er kein Wort und aß und schwieg, bis er satt war. Sie sah ihn die ganze Zeit an, seinen schiefen Mund, die verschwitzten Haare, die Hände, mit denen er immer alles anfasste, aber als wäre es lange her, in einem anderen Leben. Sie fragte, was eigentlich los sei. Anfangs wollte er nicht reden und machte Ausflüchte, er sei sehr müde und wolle allein sein. Sie sagte: Aber das ist es nicht. Er sagte: Nein. Ja, doch. Auf einmal wurde er laut und begann sie zu beschimpfen, nannte sie ein faules Aas, wie es hier überall aussehe, keinen Finger habe sie den ganzen Tag gerührt. Das Lied kannte sie. Sie sagte: Aber für einen Fick bin ich gut. Darauf lachte er sie aus und machte alles nieder, im Bett, was für eine Niete sie sei, ganz schlaff, als wäre sie innen ganz tot. Ich ficke mit einer Toten, das ist es, sagte er. Er redete über irgendwelche Muskeln. Keine Ahnung, wie sie heißen. Irgendwo da drin. Man kann sie gebrauchen. Es wäre nett gewesen, wenn du sie hin und wieder gebraucht hättest. Nie gehört? Er sagte ihr in allen Einzelheiten, was er darüber dachte, über sie als Frau, wie es für ihn als Mann war, Unterschiede zu anderen ihm bekannten Körpern; er kenne es auch anders. Er fragte, ob ihr das noch nie jemand gesagt habe: wie eine Tote. Sie verstand noch immer nicht. Auf einmal nahm er ihre Hand und sagte: Schau, so. Ich meine so. Ungefähr so. Sie spürte eine Hand, wie sie drückte und wieder losließ, ein paar Mal hintereinander, dann, wie er ihren Daumen umschloss, alles mit einem neuen, obszönen Sinn. Er sah sie erwartungsvoll an. Sie wollte wissen, ob er über sie rede. Über diese Sachen. Mit deinen Freunden? Darüber redest du? Er sagte: Klar. Oder was glaubst du? Soll ich vorher fragen? Um deine Erlaubnis? Und sie sagte: Nein. Natürlich. Nein, klar. Mein Gott, was war sie doch für eine Idiotin.

Sie war die ganze Zeit sitzen geblieben, doch endlich stand sie auf und sagte, sie müsse raus. Sie hole etwas zu trinken. Was immer er wolle. Sie müsse nur erst mal raus. Der Mann sagte: Wegen mir nicht. Wegen mir musst du nichts holen. Mach, was du willst. Sie fühlte sich ganz klein, irgendwie geschrumpft; sie wurde immer kleiner. Ja, dann, also dann, sagte sie und verließ die Wohnung, in der sie seit langem zu Hause war, nahm den Schlüssel und wusste im ersten Moment nicht, wohin. Das meiste glaubte sie gar nicht. Sie sah verschiedene Sätze, die er gesagt hatte, riesengroß, wie böse Fratzen, immer wenn sie sich umdrehte und zurückschaute, in die Richtung, aus der sie gekommen war. Sie dachte an den Mann und seine Hände, was er ihr gezeigt hatte, warum sie sich von seinen Händen nie wieder anfassen ließe. Widerwillig stellte sie sich vor, wie er sie gestern angefasst hatte, dann, wie er über sie redete, abends, wenn sie alle zusammen tranken und redeten, von ihren Ficks und den Mädchen, was die Ficks wert waren, abschätzig und triumphierend, oder auch bekümmert, weil sie sich heimlich wünschten, es wäre alles ganz anders, mehr wie am Anfang. Sie hörte seine Stimme und wie er über sie redete, erst so, dann so, wie sie erst ganz war und dann nicht mehr, wie er sie allmählich zerlegte. Sie wünschte sich zurück, Monate zurück, an den einen Abend, als er sie zum ersten Mal erwähnte, nur ein paar Sätze über eine Nummer nach einer Party, wie es dazu gekommen war, kein Name, kein Gesicht, irgendein guter Fick, obwohl es bitterkalt war, aber doch so, dass da etwas blieb, die üblichen Fragen, eine Telefonnummer, warum es sich womöglich lohnte, die vage Aussicht.

Dann war alles ganz leer. Drüben beim Sportplatz saß sie lange auf einer Bank und schaute ein paar Basketballspielern zu, benommen und als wäre ihre Benommenheit ein Schutz, bis sie wieder durchlässig wurde und das eine oder andere an sich heranließ. Irgendwann begann sie zu heulen, überlegte die nächsten Schritte, was sie tun müsste, damit es wieder wurde, wie es gewesen war. Sie würde jemand um Rat fragen. Ihre beste Freundin fiel ihr ein, wie sie damit anfinge, von diesen Muskeln, wie man sie fand und dann gebrauchte, ob man das so spät noch lernte, oder ob es eine Art Schicksal war, in das man sich besser fügte. Sie würde sich alles zeigen lassen, den entscheidenden Kniff (wenn es einen Kniff gab), einfache Übungen mit Gegenständen, eine Art Training, Theorie und Praxis des guten Ficks, eine kurze Einführung in die Mechanik des Unterleibs, als wäre sie eine defekte Maschine, ein kaputter Wagen, den sie für ihn reparierte. Sie musste lachen. Sie lachte und weinte, alles durcheinander. Mal glaubte sie daran, mal wusste sie, dass es ganz unmöglich war. Einmal wollte sie die Freundin auf der Stelle treffen und alles hinter sich bringen, dann wieder saß sie minutenlang nur da und wusste nicht weiter. Das große Rätsel ihres Lebens. Als hinge alles davon ab, dass sie es löste. Zugleich dachte etwas in ihr: Nicht das. Darum geht es nicht. Ich habe vergessen, was es ist, aber das Rätsel ist ein anderes.

Sie versuchte die Dinge zu sehen, wie er sie sah. Sie wusste, es gab Bücher, Filme mit detaillierten Anweisungen über anatomische Voraussetzungen, die Unterschiede der Frauen, nach denen sie ihn ja fragen konnte, obwohl es vielleicht schmerzhaft war, das jahrhundertealte Wissen der Männer. Sie rekapitulierte kurz die Männer, die sie gehabt hatte, ihre Bekanntschaften, die paar, die sie noch wusste, verschwommene Details von Zimmern, die dazugehörigen Ficks, was da blieb, was sie bereute, die Male im Suff am frühen Morgen, wenn sie gar nicht richtig da war, diese Typen, wie sie in ihr wühlten, ihre dummen pickligen Gesichter, wenn sie sich endlich wegrollten und aus ihrem Leben schnell verschwanden. Es war ihr nicht ganz klar, wie sie das fand, dass sie das meiste gar nicht mehr wusste, was aus ihnen geworden war, ihre Namen, Adressen und Telefonnummern; am Ende blieb von solchen Bekanntschaften ja meistens ziemlich wenig. Mit diesen Gedanken stand sie auf; sie wollte zu dem Mann zurück. In einem Fenster im Vorübergehen sah sie, dass sie wirklich schon ganz braun war, auch im Gesicht, mit einer Art Wohlgefallen, das ihr neu war, im ersten Moment, als sie sich gar nichts dabei dachte, als wäre sie eine andere, ein junges Gesicht, fast schön, wie unversehrt, mit ein paar Sommersprossen, in den ersten heißen Tagen dieses Sommers.

Als sie zurückkam, war noch keine Stunde vergangen. Erst glaubte sie, er sei nicht mehr da, doch dann hörte sie ihn im Wohnzimmer bei einer Musik, wie er von Zeit zu Zeit mitsang, zu einem Videoclip im Fernsehen. Die Tür war angelehnt. Sie stand im Flur und hoffte, dass er käme, ging in die Küche und überlegte, was sie ihm sagen würde, immer zu der fremden Musik des Mannes aus dem Wohnzimmer. Auf einmal war die Musik aus. Sie hörte den Mann telefonieren, wie er mit jemandem redete. Anfangs verstand sie nur jedes zweite Wort, dann, als sie ganz nahe an die Tür ging, wie er sagte: Ja, ich bin da. Na klar, allein. In einer Stunde. Den Weg kennst du. Ein paar Augenblicke blieb alles ruhig, als würde er dort drinnen überlegen, dann auf einmal stand er vor ihr, überrascht, dass sie noch immer in der Wohnung war, als wäre sie ihm seit langem sehr lästig. Er fragte, was sie wolle. Sie sagte, sie habe nachgedacht. Der Mann sagte: Ich auch. Er nannte den Namen einer Frau, der ihr völlig unbekannt war, was er sich überlegt hatte. Es ging alles sehr schnell; sie hatte Mühe, ihm zu folgen. Erst sehr viel später fiel ihr ein, dass er beim Telefonieren ein paar Mal gelacht hatte, immer bei einem bestimmten Wort, etwas mit Blumen. Sie dachte: Er schenkt mir Blumen, kleine rosa Röschen, er redete immerzu von diesen Röschen, wie man das machte, dass sie endlich aufgingen, vorne oder hinten, egal, immer von diesen Röschen.

Dann hatte sie sich einfach umgedreht und war weggelaufen, barfuß und wie sie gerade war, ohne ihre Sachen, die Wäsche, ihre Stofftiere unter den hohen Spiegeln. Etwas in ihr wollte ihr einreden, er würde alles gleich wegwerfen, in einen großen Sack und weg, wie nach einem Verbrechen, mit dem Wagen bis ans Ende der Stadt, damit ihn niemand dabei beobachtete, auf einem verlassenen Parkplatz, wenn er alles vergrub, zwischen den Büschen am Rand, dort, wo der Zaun war, in einer kleinen Mulde, wenn er ihre Sachen verbrannte. Da sie ohnehin nicht wusste, wohin sie gehen sollte, trieb sie sich in der Nähe seines Wagens herum, dann wieder hinten bei den Mülltonnen, rechnete lange ernsthaft mit seinem Kommen, malte sich aus, wie das wäre, wenn er wirklich käme, das Schwein, wie sie ihm alles aus der Hand risse. Eine Weile behielt sie so die Fassung, mit dieser Wut, die wahrscheinlich nicht lange reichte. Alle paar Minuten lief sie vom Hof auf die Straße und zurück, dann, nach etwa einer Stunde, konzentrierte sie sich auf den Eingang und wartete auf die Frau. Es war ihr klar, dass es nicht gesund war, so zu warten und zu lauern, dass es sie verrückt machte, auch wenn sie es nicht tat, sie würde auf jeden Fall verrückt. Die Frau, mit der er am Telefon gesprochen hatte, kam und kam nicht. Auf einmal war sie nicht mehr sicher, ob es wirklich eine Frau war, wieso sie eigentlich glaubte, sie würde sie auf Anhieb erkennen, wie eine Schwester, warum sie annahm, diese andere wäre so etwas wie eine Kopie oder eine verbesserte Ausgabe. Sie dachte: Es ist ein Witz, dass ich hier stehe, er kann mich mal. Halb begann sie ihm zu verzeihen, nahm sich vor, es ihm nicht zu leicht zu machen, in ein paar Tagen, wenn er anrief, wie kühl sie dann wäre, nur kurze knappe Sätze, wann er ihr die Sachen brächte, ob er sie noch hätte, sie könne gerade nicht weg wegen der Kinder.

Auf einmal dachte sie wieder an die Kinder, aber mit einer stillen Freude, warm und pulsierend, wie nach einer langen Krankheit, wenn man sich endlich wieder spürt, die guten Geister, wenn sie allmählich zurückkommen, die unverwüstliche Kraft des gesunden Lebens. Auf einmal fühlte sie sich bereit und entschlossen, glaubte zu wissen, was das Richtige war, wandte sich schnell ab und ging zurück zu ihrer Wohnung, die sie vor Tagen verlassen hatte, den beiden Kindern in ihrem Zimmer, in dem sie hoffentlich noch immer auf sie warteten. Sie hätte den Kindern gerne etwas gekauft; sie konnte sie genau sehen. Sie bedachte verschiedene Einzelheiten, die ihr neu und bedeutsam vorkamen, ihre zarten feinen Gesichter, die Art, wie sie sich bewegten und durch die Wohnung stürmten, oder wenn sie für sich waren und spielten, die kleinen bunten Autos quer durch die Wohnung in langen Schlangen bis zur Tür. Sie würde darüber hinwegsteigen und sagen: Ja, schaut, ich hab es ja gewusst, ganz brav seid ihr gewesen, und am Abend vor dem Schlafen dürft ihr baden. Sie sah ihre kleinen Körper, wie schmal sie waren, wie sie sich gegenseitig voll spritzten und hin und wieder nach hinten ins Wasser fielen, dann musste man sie immer schnell packen und holen, damit sie nicht ertranken.

Mit diesen Überlegungen kam sie in die Wohnung. Weil es seit Tagen sehr heiß war und lange niemand gelüftet hatte, hing ein schwerer undefinierbarer Geruch in den Räumen; es war alles ganz still. Sie ging von Zimmer zu Zimmer und riss alle möglichen Fenster auf, in der Küche, wo es besonders schlimm war, dann nach hinten zum Hof, der ihr plötzlich ganz fremd war, als wäre sie in ihrer eigenen Wohnung auf Besuch. Die Tür zum Kinderzimmer war geschlossen. Auch dort war alles ganz still; wahrscheinlich schliefen sie. Sie zog die Schuhe aus und tapste ein paar Minuten ziellos durch die Wohnung, immer darauf bedacht, nur ja keine lauten Geräusche zu machen, verwirrt über die Wirkung der Räume, die ganz leer und verlassen waren: als hätte seit Monaten niemand dort gelebt. Sie zählte die Tage, die vergangen waren, kam auf eine Zahl, die sie auf Anhieb unwahrscheinlich fand, die klebrig langen Stunden, die vor und hinter ihr lagen, rechnete und schüttelte den Kopf, rechnete wieder, in der Küche auf einem Stuhl, wo sie nun saß und auf irgendwelche Befehle wartete, einen Impuls, dass sie endlich weitermachte: dies oder das. Erst nach und nach gestand sie sich ein, dass sie sich vor ihren Kindern fürchtete, ihrem Zorn, der Enttäuschung, dass sie nicht da gewesen war. Sie überlegte sich noch einmal mögliche Geschenke, irgendeine Kleinigkeit, mit der sie sich besänftigen ließen, stand kurz auf und wollte sie wecken, sehen, ob sie noch da waren, vielleicht waren sie ja gar nicht da. Sie erschrak, dass sie das für möglich hielt, und wollte zu ihnen hin, dann wieder zögerte sie, nein, ja. Etwas in ihrem Kopf begann zu klopfen, immer wieder, tack-tack, tack-tack. Sie rüttelte an der Tür, die sich aber nicht öffnen ließ; die Tür war verschlossen. Sie dachte: Das ist nicht wahr. Wie ist das möglich. Es ist nicht möglich. Sie suchte nach dem Schlüssel, den sie aber auf die Schnelle nicht fand, auf dem Boden vor der Tür, erinnerte sich dunkel an die Szene, eine ferne Wut, wie sie den Schlüssel versteckt hatte, in ihrem Zorn, der ihr ganz unverständlich war, irgendwo in der Wohnung. Sie blieb ganz ruhig. Etwas in ihr dachte: Der Schlüssel ist nicht da. Ich muss ihn nicht suchen. Er ist nicht in der Wohnung. Aber irgendwo ist er. Ich werde ihn finden.

Eine Weile gingen ihre Gedanken durcheinander. Sie versuchte sie zu ordnen, zu einem Plan, einer ersten Skizze, was sie als Nächstes tun würde und was, wenn sie es getan hätte. Auf einmal sah sie alles ganz klar. Die Wohnung war nicht schön, es sollte alles erst schön sein. Schritt für Schritt ging sie alles durch und begann mit der Arbeit, machte eine Maschine Wäsche fertig, stapelte, was sauber war, in den Schrank, putzte Klo und Badewanne, später die Küche, alles sehr ruhig und immer darauf bedacht, nur ja keinen Lärm zu machen, wischte die Böden, brachte zwei große Tüten Müll weg, wechselte Laken und Bettwäsche in ihrem Zimmer, das ihr ebenfalls ganz neu war, als sähe sie es zum ersten Mal mit eigenen Augen. Nach zwei Stunden war sie fertig. Sie freute sich über die erledigte Arbeit, wie leicht sie gewesen war, blickte nach vorn und freute sich wieder, auf alles, was noch käme, wie über eine Rückkehr zu sich selbst, das große Wunder des Wiedersehens. Weil hie und da noch immer ein übler Geruch zu merken war, ließ sie alle Fenster offen, dachte an die Röschen, von denen der Mann gesprochen hatte, nur an ihren Duft, wie das wäre, wenn es überall duftete, zur Feier des Tages, wenn sie endlich zurückkäme, zu ihren beiden Kindern, die sie sehr liebte.

13

◊ MONTAG ◊ An einem Morgen Ende Juni saß eine junge Frau im Bad ihrer Eltern, auf dem Boden in einer Ecke zwischen Waschbecken und Badewanne, wo sie sich unter Tränen die Fußnägel schnitt. Ein Mädchen von etwa fünf Jahren sah ihr aufmerksam zu, nicht so sehr wegen der Tränen, für die sie keine Erklärung hatte, sondern weil sie etwas an der Frau mochte, die lustigen Geräusche, die sie machte, in unregelmäßigen Abständen das Klick und das Klack. Das Mädchen spürte, dass sie mit der Frau zusammenhing, wusste, dass sie von Zeit zu Zeit kam und wieder ging, von ihren beiden Söhnen, die noch nicht richtig sprachen und ihre Brüder waren. Am Morgen hatte sie die Frau auf einmal entdeckt, auf einer Matratze vor ihrem Bett, wo sie noch immer schlief und sich nicht regte, wie ein fremdes Tier, ganz klein, als wäre sie gestorben. Einen Moment hatte das Mädchen vor der Frau Angst, doch dann erwachte sie, sah sie kurz an und verschwand ins Bad, wohin es ihr heimlich folgte. Lange stand das Mädchen in der Tür und schaute, was die Frau machte, darauf gefasst, dass man sie wegschickte, aber die Frau war gar nicht richtig da und schnitt sich in ihrer Ecke die Nägel mit der großen Schere. Das Mädchen wollte wissen, warum die Frau weinte. Tut dir etwas weh?

Das, was du da machst? Tut das weh? Die Frau sah sie erstaunt an. Was verstehst du davon? Bist du dumm? Dann erklärte sie, warum es nicht weh tat, dass das alles totes Zeug war, wenn man es abschnitt, war es längst gestorben, deshalb tat es nicht weh. Sie wollte das Mädchen wegschicken, wusste aber nicht, wie sie sich nannten, die Mutter und das Mädchen, was sie dem Kind verheimlichten. Sie verwendete verschiedene Begriffe. Die Tante. Schläft sie noch? Die Oma. Willst du nicht gehen und nachschauen? Das Mädchen dachte darüber nach, ob sie das wollte, wie über eine Aufgabe, das komplizierte Rätsel ihrer Herkunft, zu wem sie eigentlich gehörte, das Blut und die Bande.

Ein paar Minuten blieb alles ruhig. Das Mädchen ging weg, man hörte seine tapsenden Schritte, dann nur Stille, endlich in der Ferne Stimmen, die Stimme des Vaters und der Mutter, die bald näher kamen und die Frau fanden, wo sie sich versteckt hatte, in dieser dunklen Ecke, in der sie noch immer kauerte. Die Stimme der Mutter fragte: Was ist? Hast du dich beruhigt? Warum sitzt du am Boden? Willst du nicht aufstehen? Die Tochter wollte nicht aufstehen. Darauf wurde die Mutter zornig, wollte sich das alles nicht länger gefallen lassen, die nichtsnutzige Tochter, dass sie einfach ankam, mitten in der Nacht, ohne genauen Grund, nur noch das eine Mal. Ist etwas mit den Kindern? Die Tochter schüttelte den Kopf; sie erwähnte einen Mann. Ja, welcher. Die Mutter nannte ein paar Namen, der oder der. Ja, der, sagte die Frau, aber du kennst ihn nicht. Erst jetzt sah sie vom Boden auf, wie ein Tier von ganz unten zur Gestalt der Mutter, in der Erwartung eines Angriffs, sah den Vater, in der Tür zum Bad, wie er sie lange musterte, zwischen seinen Beinen das Mädchen, das sich fürchtete. Ich will nicht, dass sie weint, sagte das Mädchen und beugte sich zu ihr herab. Tatsächlich schien es, als ließe sich die Frau so trösten, sie stand endlich auf und behauptete, es sei nichts, nur ein Streit mit dem Mann, etwas mit den Nerven, sie habe seit kurzem schlechte Nerven. Sie bemerkte die Blicke des Vaters und versuchte ihnen auszuweichen, als würde sie sich plötzlich sehr schämen, wie er da stand und sie betrachtete, das neue Kettchen an ihrem Fuß, die zur Hälfte geschnittenen Nägel: als hätte er noch immer ein Recht. Die Frau schickte sie alle weg, auch das Mädchen, obwohl es gerne geblieben wäre; dann machte sie sich fertig.

Beim Frühstück in der kleinen Küche war sie fast ruhig. Sie spürte, dass es nur an der Oberfläche war, aber darunter war eine einzige unheilvolle Bewegung, eine Art Toben, wie dunkles Wasser, das manchmal sehr schnell, dann wieder sehr langsam unter ihr wegzog, irgendein unterirdischer Fluss, den sie schon lange kannte und vor dem sie sich aus Erfahrung hütete. Wachsam und mit nach innen gekehrtem Blick, damit sie nicht plötzlich weggerissen wurde, saß sie am Tisch und trank aus einem Becher Kaffee, hörte auf die Kleine, der gefiel, dass so unvermutet Besuch gekommen war, hörte auf das Wasser, das in ihr rauschte oder ganz still war, schwarz und sehr tief. Die Mutter sagte: Iss, du musst essen, aber sie aß nicht, dann, als das Mädchen ihr etwas hinhielt, nahm sie ein paar Bissen und kaute an etwas Süßem, von dem sie dachte, dass es wie dieses Mädchen war, klebrig und süß. Die Mutter redete über den Mann, den sie kaum kannte; sie habe ja auf jeden Fall die Kinder, die Kinder wenigstens habe sie. Die Mutter wollte, dass das Mädchen sich gerade hinsetzte, das Mädchen fragte nach den Kindern. Warum hast du sie nicht mitgebracht? Die Frau dachte: Ja, dort unten am Fluss, in der Nähe des Ufers sitzen sie und werfen kleine Steine, wir wollen sie nicht stören. Hörst du denn nicht, fragte die Mutter und fasste sie am Arm, damit sie endlich hörte. Jemand begann sie zu schütteln, oder etwas in ihr drin schüttelte sie, vom Fluss her war es auf einmal sehr kalt, sie begann zu zittern und versuchte es vor den anderen zu verbergen, innen und außen, doch es war nicht möglich. Eine Stimme sagte: Geht das schon wieder los? Komm, reiß dich zusammen. Denk an das Kind. Jemand stand auf und ging weg, sie hörte in der Ferne ein Wasser, von dem sie dachte, dass es angenehm warm war, zu diesem Wasser wollte sie hin.

Später konnte sie sich nicht erinnern, wie sie zu diesem Wasser gekommen war, ihre Kleider, die ordentlich über einem Stuhl hingen, wie das alles kam, die leise Musik aus dem Radio, als hätte sie alles geträumt und wäre im Traum geflogen, in dieses Wasser im Bad ihrer Eltern, wo das Zittern und Frieren allmählich aufhörte. Sie dachte: Ja, genau. Wie gut. Es ist warm, nur ganz innen ist alles kalt, die Wärme kommt nicht hin. Sie ließ ein wenig Wasser ab, dann heißes nach, bis sie von der Hitze wiederum fröstelte, entdeckte das kleine Radio auf dem Rand des Waschbeckens, das sie nicht kannte und abdrehte. Irgendwann klopfte der Vater und wollte nach ihr sehen, doch sie schickte ihn weg, weil ihr vor ihm graute. Später kam die Mutter in Begleitung des Mädchens; das Mädchen durfte bleiben. Es wollte zu ihr ins Wasser. Die Frau lehnte ab, dann überlegte sie es sich anders und sagte: Ja, komm. Das ist lustig. Nur wir zwei. Es ist Platz für zwei. Das Mädchen zog sich in Windeseile aus, wollte, dass die Frau ihr half und sie hineinhob, mit einem Schwung durch die Luft ins warme Wasser, dass es spritzte. So geschah es auch. Das Mädchen fragte: Weinst du nicht mehr? Die Frau sagte nein und fragte, ob sie sich gegenseitig die Haare waschen sollten, erst ich, dann du. Weißt du, wie es geht? Das Mädchen behauptete: Ja, sagte aber nicht die Wahrheit, es war sehr ungeschickt, mit seinen kleinen Fingern, wenn man die Augen schloss, auf dem Kopf das Krabbeln, als wären da Tiere.

Die Mutter, als sie die beiden entdeckte, war sehr freundlich und lachte. Sie schaute ihnen eine Weile zu, trocknete dem Mädchen das Haar, hob es endlich heraus und wickelte es in einen Bademantel. Sie sprach von irgendwelchen Plänen, was sie sich überlegt hatte; damit fing sie an. Sie könnten alle ein bisschen rausfahren, mit dem Bus zum Baden an den See, wir alle zusammen auf einer Decke, eine Tasche mit Essen und Trinken, den ganzen Nachmittag. Damit du auf andere Gedanken kommst. Wir holen nur schnell die Kinder. Dann fahren wir. Die Frau wehrte gleich ab; sie habe keine Lust, am See sei es immer so voll, außerdem habe man am Wasser keine ruhige Minute, die Kinder, wenn sie spielen und nicht wissen, wie leicht das geht, dass sie ertrinken; darauf habe sie keine Lust. Sie begann zu betteln: Nein, nicht. Später ja, aber jetzt nicht. Ich kann nicht. Die Mutter wollte davon nichts wissen, sie bestand darauf, die Frau solle sich nicht anstellen. Ich hol sie. Hast du den Schlüssel? Mach dich fertig, ich hol sie. Sie begann den Schlüssel zu suchen, in der Handtasche auf dem Stuhl, wo sie ihn nicht fand, dann in ihrer Hose, am Boden vor der Wanne, das alles unter den Blicken der jungen Frau, die es geschehen ließ, wie ergeben, aber auch ungläubig, als wäre sie selbst gespannt, was bei dieser Suche herauskam. Plötzlich entstand ein großer Lärm. Jemand begann zu schreien, immer dieselben Sätze, kurz und schrill: Nein, ich. Ich. Nicht du. Ich, ich. Und in all dem Geschrei stand sie auf und trocknete sich ab, zog sich hastig an, immer in diesem Geschrei (mein Gott, was war das für ein Geschrei). Sie wollte nur weg.

Die Mutter versuchte sie noch aufzuhalten, rief ihr vom Fenster hinterher, sah sie unten im Hof, wo sie einen Augenblick überlegte, brüllte und beschimpfte sie, dann war die Frau verschwunden. Später sah man sie in einem nahe gelegenen Einkaufszentrum, wie sie in einem Laden Spielzeug begutachtete, sehr ungeduldig, weil ihr die Wahl so schwer fiel und sie der einmal getroffenen Wahl nicht traute. Zwei oder drei Mal war sie unterwegs in Richtung Kasse und kehrte im letzten Moment zurück, verwarf die kleinen Autos, Motorräder, ein Set mit bunten Eimern und Schaufeln zum Graben, stand endlich lange bei den Tieren aus Stoff, auf einmal entschlossen, aber wiederum sehr ungeduldig, weil sie das Richtige lange nicht fand, irgendwelche Raubkatzen, zwei kleine Tiger oder Leoparden; das Zeug war sehr billig. Mit diesen Tieren ging sie zur Kasse, dann zurück in die Siedlung, wo sie wieder etwas suchte, in einem der Höfe am Rande bei den Büschen, wo sie sich plötzlich bückte und zu graben begann, an mehreren Stellen in der Erde, bis sie es endlich hatte: einen schmutzigen Panther aus Stoff, etwas größer als die beiden Katzen, die sie gerade gekauft hatte. Mit diesen drei Tieren sah man sie sitzen und lächeln, wie eine Irre oder ein Kind, das alles um sich herum vergisst, obwohl sie doch längst erwachsen war: als wären die Tiere ihr Ein und Alles.

Endlich stand sie auf, erleichtert und zufrieden, dass sie die Tiere gerettet hatte, den Panther aus seinem Grab unter den Büschen, aber auch die anderen, von denen sie hoffte, sie würden zu dem Panther passen. Vor der Tür zu ihrer Wohnung stellte sie die Tiere ab, ging aber nicht hinein, sondern betrachtete nur die Tiere, wie sie da standen, müde und duldsam, obwohl sie sehr durstig waren, in einem Halbkreis am Ufer des dunklen Flusses, den sie besser mieden. So verging noch einmal die Zeit. Hin und wieder musste sie das eine oder andere Tier ermahnen und ein Stückchen wegrücken, begann mit ihnen zu reden und sie aufzuklären, was für ein Wasser das war, warum sie ihm selbst nicht traute. Manchmal war alles sehr eng, dann wieder weit und schrecklich, so dass sie nicht wusste, wo sie war. Sie versuchte einfache Sätze und rekapitulierte, was sie wusste, hinter der Tür, was da war. Ich brauche nur aufzustehen, dann geht alles weiter. Wenn ich nur will, geht das Leben weiter, alles, wie es war. Hin und wieder dachte sie an das Zimmer, wusste auch in etwa, was sie erwartete, wusste es wieder nicht, dachte sich alles verändert, als wären sie auf einmal sehr alt und weise, sie und die Kinder, die auf einmal redeten und sie trösteten, wenn sie müde war, von den Nächten, die sie ihr immer wieder bescherten. Zu dem Panther sagte sie: Dir aber bürste ich gleich das Fell. Du siehst schlimm aus. Ganz hässlich bist du und nicht wert, dass man dich ansieht. Sie überlegte, ihn mit in die Wohnung der Eltern zu nehmen, um ihn dort zu baden, in der Wanne, in der sie vor kurzem selbst gelegen hatte, war aber nicht sicher, wie ein Panther das fand, sein ölig dunkles Fell, ob es das aushielt, das schöne glänzende Fell.

Hin und wieder kam jemand vorbei und sah sie komisch an, wie sie da saß und spielte, endlich auch die Mutter, die sie lange gesucht hatte und nicht verstand, was sie hatte. Obwohl sie wütend über die Tochter war, riet ihr etwas zur Vorsicht. Sie stellte der Tochter keine Fragen, tippte ihr nur ein paar Mal auf die Schulter, bis sie reagierte und ganz erstaunt war, dass da jemand etwas von ihr wollte und sie fragte, wann sie denn komme. Ja, gut, sagte die Frau, es ist zu dumm, ich benehme mich wie ein Kind. Sie wollte wissen, wohin sie gingen. Die Mutter erinnerte sie an den Plan und wollte sie wegbringen, in die Wohnung, wo auch das Mädchen war, alles weitere würde sie dann aus ihr herausfragen. Noch auf dem Weg wollte die Frau wissen, wann die Mutter die Kinder zum letzten Mal gesehen habe. Hast du sie besucht? Ich finde den Schlüssel nicht. Sie haben sicher Durst. Ich finde den Schlüssel nicht. Die Mutter sagte, dass sie die Kinder seit Tagen nicht gesehen habe, der Schlüssel sei bestimmt im Bad. Darauf schüttelte die Frau heftig mit Kopf und begann zu suchen, in den Taschen ihrer Hose, hinten und vorne und wieder hinten, dann unter ihrem T-Shirt, auf der nackten Haut, als wäre der Schlüssel auf jeden Fall in der Nähe, in ihren Haaren, dann wieder in den Taschen, wo sie ihn endlich fand und behauptete, es sei der falsche. Sie suche einen anderen. Die Mutter verstand nicht. Die Tochter versuchte es ihr zu erklären, in mehreren Anläufen, bis die Mutter verstummte und sie stehen ließ, auf der letzten Treppe, kurz bevor sie unten waren. Die Frau dachte:

Was hat sie. Warum geht sie weg. Sie soll nicht weggehen. Als würde sich die Mutter auf einmal vor ihr fürchten, oder wie nach einer unangenehmen Nachricht, wenn man sie gar nicht hören will und schnell weggeht, um sich zu fassen.

Als die Mutter zurückkam, war sie in Begleitung eines Mannes. Er nahm der Frau den falschen Schlüssel ab, fluchend, weil sie ihn bei etwas gestört hatten und er das kannte, das ganze Pack und das Geschrei, wenn etwas nicht war, wie sie es sich dachten, dann riefen sie immer sofort nach ihm. Oben an der Tür hielt er den Schlüssel kurz in die Luft, steckte ihn ins Schloss und sperrte auf, sah die beiden Frauen an, mit einer Art Triumph, als würde er von Frauen gar nichts anders erwarten. Dann waren sie in der Wohnung. Er machte eine Bemerkung zu der schlechten Luft, ging in die Küche, dann ins Bad, merkte, dass die Fenster zum Teil offen standen, und wollte wissen, in welchem Zimmer die Kinder waren. Die Mutter zeigte, wo die Kinder waren, ging aber selbst nicht hin, auch die Frau nicht, die noch weiter zurückblieb, ein paar Schritte von der Wohnungstür. Der Mann fragte: Hier? In diesem Zimmer? Aber mit einem Ton, der ihnen sagte, was ist dabei, eine Tür macht man auf, hier, so, dann, als er merkte, es ging nicht, ein zweites Mal; die Tür zum Kinderzimmer war tatsächlich nicht zu öffnen. Er schaute die Mutter an, dann die Frau, und sagte: Abgesperrt. Wo haben Sie den Schlüssel? Jemand hat hier abgesperrt.

Bringen Sie mir den Schlüssel. Auch die Mutter drehte sich jetzt um und wollte von der Frau wissen, wo sie den Schlüssel hatte. Die Frau schüttelte den Kopf und versuchte es noch einmal mit einer Erklärung. Die Mutter schrie: Du hast sie eingesperrt. Warum hast du sie eingesperrt. Und damit ging sie zur Tür und rüttelte daran, schrie die Namen der Kinder. Wir holen euch da raus, was ist, seid ihr gesund, warum gebt ihr uns kein Zeichen. Sind sie überhaupt da drin? Die Frau sagte: Ja, sicher. Sie haben nur keine Lust. Sie hören, was wir sagen, und haben keine Lust. Es ist ihnen zu blöd. Sie kümmern sich gar nicht um uns. Dabei stand sie noch immer nahe der Wohnungstür, die der Mann in der Eile nicht geschlossen hatte, spürte einen leisen Luftzug, zwischen der Tür und den Fenstern, nur ein kleiner Hauch, der nach all den heißen Tagen sehr angenehm war.

Erst später setzte sie sich hin, mit dem Rücken zur Wand, auf den Boden im Flur ihrer Wohnung, hörte in der Ferne den Mann, wie er mit der Mutter über etwas verhandelte, die nächsten Schritte, was nun geschehen sollte. Kurz darauf war der Mann fort, stieg über sie hinweg und war fort. Die Mutter sagte: Er bricht die Tür auf, mein Gott, was hast du getan, du kannst es dir ja leisten. Sie äußerte Vermutungen, seit wann die Kinder eingeschlossen waren, kam aber der Wahrheit nicht sehr nahe, wandte sich ab, rüttelte noch einmal an der Tür und flüsterte, begann mit den Kindern zu flüstern, weit weg, als hätten sie irgendwelche Geheimnisse, von denen die Frau besser nichts wusste. Die Frau versuchte zu stören, begann zu quengeln: Wir alle, ich und du, das Mädchen, wann fahren wir endlich an den See. Sie wartete auf Antwort, dann, als sie nicht kam, ging sie ins Bad und beschäftigte sie sich wieder mit ihren Füßen, betrachtete jeden einzelnen Zeh, die Nägel, die sie am Morgen geschnitten hatte, unterzog sie alle einer peniblen Prüfung, ob da etwas abstand oder schief war, kontrollierte jeden einzelnen Winkel, die Schnitte, fand hie und da einen Fetzen Haut, um den sie sich noch kümmern musste, einen winzigen Riss, eine Unebenheit, an der sie sich störte. Sie versuchte einen Plan zu machen, dann hörte sie in einem der Zimmer das Telefon, die Mutter, wie sie endlich ran ging und mit jemandem redete, während sie noch immer überlegte, im Bad auf der Suche nach einer Feile. Sie hörte die Stimme der Mutter im Hintergrund und erinnerte sich an eine Szene, in der sie diese Stimme schon gehört hatte, zu Hause, als sie noch zu Hause lebte, an einem Vormittag, kurz nachdem der Vater bei ihr gewesen war, diese ferne, gleichgültige Stimme in einem Zimmer. Sie hörte die Mutter, wie sie in diesem Moment sagte: Das glaube ich nicht. Wir haben andere Sorgen. Ich werde es ihr sagen. Sie meldet sich die Tage. Die Frau, obwohl sie nicht ganz sicher war, dachte, es sei der Liebhaber, weil er bestimmt nicht wusste, wohin mit den Sachen, oder weil er sie vermisste und hoffte, sie käme wieder. Die Vorstellung gefiel ihr.

Sie begann an ihren Nägeln zu feilen und dachte an den Liebhaber, hätte gern gewusst, ob er es wirklich war, die Meinung der Mutter, wie er geklungen hatte, nur der erste Eindruck. Die Mutter aber war in dem Zimmer mit dem Telefon und kam nicht wieder. Die Frau dachte: Es ist alles so ruhig, aber nicht ganz, ich kann sie ein bisschen hören, die kleinen Geräusche, die sie macht, ihren Atem, wie sie im Zimmer auf und ab geht und heult, obwohl sie gar nichts begreift. Dabei ging sie selber auf und ab und heulte, zwischen Bad und Flur, nur immer die kurze Strecke, bis der Mann kam und nach dem Schlüssel fragte, ob er noch immer verschwunden war, den Kindern, ob sie sich gerührt hatten oder ganz woanders waren; vielleicht war ja alles nur ein übler Scherz. Die Frau sagte: Aber nein. Sie sind da. Vor ein paar Tagen waren sie noch da. Ich hab sie mit eigenen Augen gesehen. In ihrem Zimmer. Wo sollen sie auch sein. Noch einmal begann ein großes Fragen und Rufen, Klopfen, dann der Lärm verschiedener Werkzeuge, die Sätze, die der Mann oder die Mutter sagten, die Flüche, ihre Beschwörungen, kleine und große Bitten an den Gott der Dinge und der Kinder, an den die Frau nicht glaubte. Weil sie Durst hatte, trank sie aus dem Hahn ein bisschen Wasser und horchte. Im Grunde war sie jetzt doch froh, wieder zu Hause zu sein, mit ihren Geschenken für die Kinder, in ein paar Minuten, wenn man sie ihr brachte und alles wieder war, wie sie es kannte. Wieder entstand ein großer Lärm, sie hörte den Mann, wie er rief: Ich hab sie auf, die Tür ist auf, der kurze Moment der Stille, dann ihre Mutter, wie sie schrie: Mein Gott, die Kinder. Sie sind da. Mein Gott, sie sind ganz blau, Conny, die Kinder sind ganz blau.

Ein tiefes Gefühl der Erleichterung breitete sich in ihr aus. Die Kinder waren da, sie hatten sie nicht enttäuscht. Alles war gut. Sie sind da, jemand wird sie wecken, dann tragen sie einen nach dem anderen hinaus und zeigen sie mir. Jemand versuchte an ihr zu zerren, wollte, dass sie aufstand und mitkam, damit sie sich alles mit eigenen Augen ansah. Dagegen wehrte sie sich. Zwei oder drei Mal beugte sich jemand zu ihr herab und redete auf sie ein, wohlwollend und freundlich, fremde Menschen mit leisen, eindringlichen Stimmen. Drüben bei den Kindern begann es zu blitzen, als würde dort jemand fotografieren, in einem regelmäßigen Takt Foto für Foto, wie sie lebten, ihre Sachen zum Spielen, die kleinen Betten, in denen sie lagen, oder am Boden vor dem Heizkörper, kurz bevor man anfing, sie wach zu machen. Die Frau dachte: Wer hat ihnen das erlaubt, protestierte, als jemand zu ihr kam, auf dem Rand der Badewanne unter ein paar Handtüchern, mit denen sie sich vor allen Blicken verbarg.

Sie wollte noch ein bisschen nachdenken. Würden die Kinder eines Tages fragen, wo sie gewesen war, würde sie sagen: Nicht weit. Nur um die Ecke. Bei einem Mann. Aber er war es nicht wert. Damals hatte ich keine Ahnung, deshalb war es nicht falsch. Manchmal muss man fort. Eines Morgens wacht man auf und weiß, man muss fort, selbst wenn es nur um die Ecke ist. Ich möchte nicht sterben eines Tages und dann sagen: Da und da hättest du gekonnt, aber du warst zu feig, nur für ein paar Tage um die Ecke, schauen, was da ist, ob es sich lohnt, ein anderes Leben, ob es das gibt, etwas probieren. Man muss zurückkommen, klar. Am Ende kommt man immer zurück, ganz klar. Erst denkt man: Nein, nie wieder, bestimmt nicht. Dann, nach ein paar Tagen, wenn sich die Dinge klären, weiß man es besser. Man begreift sehr langsam. Dass da gar nichts ist. Warum es nicht möglich ist. Warum es nicht schlimm ist, dass es nicht möglich ist. Auch das. Das ist die Lektion. Dafür bist du auf der Welt. Sie glaubte zu wissen, dass es nicht umsonst war, sah wieder ihre Gesichter, ihre großen ernsten Augen, ihre Gesichter als Männer, obwohl sie lange tot waren, Jahre später, wenn sie sich erinnern würde, wie dumm und böse sie gewesen war, in einem Sommer vor vielen Jahren, als sie für ein paar Tage verschwand, nur um die Ecke, weil sie glaubte, dass es sich lohnte. Mit diesen Gedanken war sie beschäftigt, fing wieder mit ihren Füßen an, bearbeitete die letzten Stellen, mit einer kleinen Feile, begann die Nägel zu lackieren. Sie war noch jung, Anfang zwanzig, antwortete auf Fragen, wenn man sie ihr stellte, immer dieselben Fragen. Ja, doch. Ja, es tut mir Leid. Warum nicht. Es tut mir alles sehr Leid. Die Mutter kam und spuckte vor ihr aus, sagte, was sie jetzt von ihr hielt, dass sie es nicht fasste, dann eine junge Beamtin, die ihr erklärte, dass nun alles vorbei sei, auch für die Kinder. Sie fragte nach ihren Namen. Die Frau sagte die Namen, fragte, wer sie sei, zeigte ihre frisch lackierten Zehennägel, erst rechts, dann links, wo sie noch nicht ganz fertig war, den kleinen Pinsel, mit dem sie die Farbe auftrug, ein dunkles Blau, golden gesprenkelt, auf blauem Grund Millionen funkelnde Sterne. Sie wollte sich noch die Fingernägel machen. Wie viel Zeit habe ich? Die Beamtin sagte eine Zeit. Sie überlegte, ob das viel war oder eher wenig, nur ein paar Minuten, sie fand, auf ein paar Minuten würde es am Ende nicht ankommen.